Julia Rösner

# Die letzte Seite

Roman

AF199732

Bibliografischen Information der Deutschen Nationalbibliothek:
Die Deutsche Nationalbibliothek verzeichnet diese Publikation
in der Deutschen Nationalbibliografie; detaillierte bibliografische
Daten sind im Internet über http://dnb.d-nb.de abrufbar.

Umschlaggestaltung: Robert Rösner
Umschlagbild: Rosanna Maisch
Satz: Robert Rösner

ISBN 9783750429826

Für Robert, meinen größten Unterstützer, der mehr an mich geglaubt hat, als ich selbst

Julia Rösner (Jahrgang 1983) schreibt seit ihrem elften Lebensjahr Gedichte, Kurzgeschichten und Romane. Von ihr behandelte Themen wie der Umgang mit Verlust und Lebenskrisen, sowie ethischen und spirituellen Fragen fügen sich harmonisch ein in Geschichten über Liebe, Familie und Freundschaft. Sie ist als Magisterpädagogin in der Beratung für Menschen mit Behinderung tätig und lebt mit ihrem Ehemann und ihrem Kater südlich von München.

*Im großen Lauf der Zeit
war mein Leben
nur eine kleine Geschichte.
Aber eine schöne, wie ich finde...*

# KAPITEL EINS

Die Dornenzweige der Hundsrose bildeten einen geschwungenen Kranz, der sich über das hohe, metallene Gartentor rankte. Im Frühjahr und Sommer trug sie wunderschöne violette Blüten und verwandelte den Durchgang zur Eingangstür in eine märchenhafte Szene. Aber jetzt, Anfang Februar, waren ihre Zweige kahl und die spitzen Dornen gut sichtbar zwischen kleinen verwelkten Blättern. Genauso wie vor über drei Monaten, als Mia das letzte Mal unter ihnen hindurchgegangen und mit ihrer Mütze an den feinen Dornenzweigen hängengeblieben war, die ihre Mutter noch nicht zurückgeschnitten hatte. Auch jetzt hingen einige Zweige wirr nach unten und waren nur notdürftig zur Seite gesteckt. Entlang des kurzen Pfades, der vom Gartentor zur Haustür führte, rankte sich am Boden der Efeu entlang, und kleine Buchsbäumchen säumten den Rand der Beete. An der Tür des Hauses hing ein kleiner Kranz aus Tannenzweigen, die schon vertrocknet waren. Es war längst an der Zeit, ihn abzuhängen und zu entsorgen, aber es schien, als wäre bis jetzt niemand dazu gekommen. Das Fenster neben der Tür war schräg gestellt. Von innen hörte Mia Radiomusik und hin und wieder ein leises Zwitschern.

Sie stand regungslos im geöffneten Gartentor und lauschte auf diese Geräusche, die ihr so vertraut waren. Ab und an klapperte auch ein Topf oder etwas Ähnliches, und sie konnte sich gut vorstellen, wie ihre Mutter gerade in der Küche die Töpfe in den Schrank räumte und dabei ihr Lieblingsprogramm im Radio hörte. Und ihr Vater? Was machte er gerade? Seit er in Pension war, arbeitete er oft im Garten oder in seiner Werkstatt im Schuppen. Früher hatte er Mia viel an handwerklichen Fertigkeiten gezeigt. Sie hatte von ihm gelernt, Holz zu verarbeiten und kleine Dinge daraus

11

zu bauen, ihr Fahrrad selbst zu reparieren und auch ihr Radio. Viele Stunden hatten sie manchmal zusammen in dem Schuppen verbracht. Aber das war lange her…

Und jetzt? Mia wusste nicht, wie es ihrem Vater ging. Wie es beiden ging. Langsam näherte sie sich der hölzernen Haustür. Den Schlüssel hielt sie in ihrer Hand, seit einer ganzen Weile schon, doch sie konnte ihn nicht ins Schloss stecken. Es schien ihr eine Ewigkeit her zu sein, dass sie hier gewesen war. Eine Ewigkeit und doch ein kleiner Augenblick. Beides zur gleichen Zeit. Schließlich ließ sie den Schlüssel in ihre Hosentasche gleiten und drückte vorsichtig den Klingelknopf, woraufhin sie den Singsang der Türglocke von drinnen vernahm. Das Zwitschern wurde lauter und lebhafter, was Mia unwillkürlich ein Lächeln entlockte. Dann, das Geräusch von Schritten hinter der Tür.

Mia umklammerte die Riemen ihres Rucksacks, der über ihrer rechten Schulter hing, als die schwere Tür geöffnet wurde, und es folgten ein paar Sekunden der Erstarrung. So plötzlich ihrer Mutter gegenüber zu stehen, lähmte Mia auf seltsame Weise, dabei hatte sie ja gewusst, wem sie gleich begegnen würde. Ihre Mutter hingegen musste von ihrem Anblick sehr überrascht sein! Langsam wischte sie ihre nassen Finger an einem Geschirrtuch ab, das halb in ihrer Schürzentasche steckte, offenbar war sie gerade beim Kochen. Ihre Haare waren ordentlich frisiert und nach oben gesteckt, nur vereinzelte Strähnen hingen lose heraus.

„Da bist du ja", sagte sie schließlich. Sie machte einen Schritt auf ihre Tochter zu und legte die Arme um sie. Es war eine zaghafte Umarmung, in der Zurückhaltung und vielleicht auch Furcht mitschwang. Mia konnte den zarten Duft ihres Rosenparfums riechen. Seit Jahren, fast Jahrzehnten verwendete ihre Mutter die gleiche Duftnote. Sie liebte Rosen in allen Formen und Farben, und kurz bereute Mia es, ihr keine Blumen zur Begrüßung mitgebracht zu haben. Diese Pflanze schmeichelte ihrer Mutter vor allem deshalb so sehr, weil sie gut zu ihrem Namen Rosi passte. Als sich die Umarmung löste, konnte Mia sehen, dass die Augen ihrer Mutter feucht waren.

„Hallo Mama", sagte sie nur leise zu ihr, woraufhin sich diese wortlos umwandte und zurück ins Haus ging. Mia folgte ihr. Im Gang roch es nach Hackfleisch, das vermischt mit Zwiebelstücken in der Pfanne briet. Sie kannte diesen Geruch seit ihrer frühesten Kindheit, denn nirgendwo hatte Mia bisher bessere Fleischpflanzerl gegessen als bei ihrer Mutter. Aber das war noch in der Zeit gewesen, als sie noch nicht strikt vegetarisch lebte, und das war einige Jahre her. Nun folgte sie Rosi in die Küche, folgte dem Knistern, das aus der Pfanne drang. Ihre Mutter wendete mit ein paar geschickten Bewegungen die Pflanzerl und setzte dann den Deckel wieder auf die Pfanne. Dann wischte sie sich erneut die Hände am Küchentuch ab. Mia ließ den Rucksack von ihrer Schulter auf den Boden rutschen. Nahe am Fenster stand ein großer Käfig, in dem ein Nymphensittich auf der obersten Stange saß. Neugierig betrachtete er den Neuankömmling und nickte aufgeregt mit dem Kopf, als Mia sich dem Käfig näherte.

„Hallo Nico", begrüßte sie den schönen Vogel und pfiff ein paarmal, woraufhin er begeistert zu zwitschern begann.

„Habt ihr ihn nochmal fliegen lassen?", fragte Mia, während sie einen Finger durch die Käfigstäbe schob, woraufhin Nico vorsichtig daran zu knabbern begann. Sie erinnerte sich, dass der Käfig früher oft offen gestanden hatte, sodass der Vogel hinausfliegen konnte, wann er es wollte. Ihre Mutter seufzte jedoch leicht:

„Wir hatten einfach keine Zeit dafür."

Und vielleicht etwas wehmütig fügte sie hinzu:

„Ich weiß gar nicht, ob er überhaupt noch heraus kommt."

Als Mia vorsichtig das Türchen des Käfigs öffnete, drehte Nico seinen Kopf zur Seite, um zu sehen, was sie da machte. Er lauschte auf ihr immer wiederkehrendes Pfeifen und ihre sanften Worte des Lockens, jedoch blieb er auf seiner Stange sitzen. Das offene Türchen schien ihm nicht geheuer zu sein, und so schloss Mia es nach einer Weile wieder. Ihre Mutter hatte sie beobachtet, seufzte betrübt und wandte sich erneut den Fleischpflanzerln zu, um sie abermals zu wenden und nach eingehender Begutachtung aus der Pfanne zu nehmen. „Dein Vater ist oben", sagte sie leise ohne aufzusehen. Das hatte Mia sich ohnehin schon gedacht. Ihr Vater hatte sich im ersten Stock des Hauses eine kleine Bibliothek eingerichtet, in der er viel Zeit in einem gemütlichen Sessel verbrachte. Der Gedanke, ihn jetzt dort beim Lesen vorzufinden, in dieser vertrauten Haltung, ließ Mia erschauern. Wie würde er jetzt aussehen? Wie ging es ihm? Und würde er überhaupt mit ihr sprechen nach dem heftigen Streit, den sie gehabt hatten? Rosi musste das Zögern ihrer Tochter bemerkt haben, denn sie wandte sich erneut zu ihr um.

„Du solltest ihn begrüßen", sagte sie nur.

Die Stufen der Treppe waren aus Marmor, und Mia konnte ihre Kälte durch die Socken spüren, als sie sie nun langsam hinaufstieg. Es war ein älteres Haus, Ende der sechziger Jahre gebaut. Als ihre Eltern es vor ungefähr fünfzehn Jahren kauften, hatte es somit einige Jahrzehnte auf dem Buckel gehabt. An den Wänden um Mia herum hingen drei Landschaftsbilder in goldenen Rahmen. Felder, Wiesen, Berge. ‚Eigentlich ganz idyllisch', dachte sie jetzt, aber es war noch nicht lange her, da hatte sie die Bilder gehasst, weil sie ihr so bieder und altbacken vorgekommen waren.

Sie blieb auf dem oberen Treppenabsatz stehen, wo ihr der süßliche Duft von Pfeifentabak in die Nase stieg. ‚Er wird doch nicht jetzt noch rauchen!', schoss es ihr unwillkürlich durch den Kopf.

Die Tür zur Bibliothek war geschlossen. Sie bestand aus dunkelrot lackiertem, massivem Holz mit kleinen Schnitzereien am Rand und war ganz anders als die übrigen Türen des Hauses. Ihr Vater hatte sie selbst entworfen, und die Schnitzereien zusammen mit einem guten Freund eigenhändig gefertigt. Diese Tür war das Tor zu seinem Reich der Stille, zu seinem Rückzugsort. Es war ein Ort der Ehrfurcht, die auch Mia früher empfunden hatte, wenn sie den Raum betrat, und

14

diese Empfindung wurde ausgelöst durch den Geruch der Bücher, den süßen Pfeifenduft, vermischt mit den Aromen verschiedener Tees, die Rosi ihrem Mann von Zeit zu Zeit hochbrachte, wenn er las. Als Kind und in ihrer frühen Jugend hatte Mia es genossen, hier mit ihrem Vater zu sitzen und in Büchern zu blättern. Eine Welt voller Geheimnisse und Geschichten…

Jetzt klopfte sie leise an die Tür, und als sie von drinnen ein Brummen vernahm, drückte sie die eiserne Klinke hinunter. „Papa?", fragte sie und öffnete die Tür einen Spalt. Der hohe braune Sessel stand am anderen Ende des Raumes zwischen Regalen, die beinahe bis unter die Decke reichten und fast alle bis zum obersten Rand mit Büchern gefüllt waren. An der einzigen freien Stelle an der Wand hing ein hölzernes Kruzifix, und nahe beim Sessel stand ein kleiner runder Tisch, auf dem neben Bücherstapeln auf einem Halter die Pfeife lag. Leise stiegen von ihr dünne Fäden Rauch auf und erfüllten den ganzen Raum mit ihrem Aroma. Mias Vater saß in dem Sessel, die Beine in eine Decke gewickelt, ein Buch in seinen Händen.

Sie konnte sehen, wie seine Gesichtszüge für einen Moment entgleisten, als er seine Tochter erblickte. Sein braungraues Haar war dünn geworden, und auch sein Gesicht wirkte nicht mehr so voll wie vor drei Monaten, als sie ihn das letzte Mal gesehen hatte. Nicht, dass er vorher dick gewesen wäre. Er hatte jedoch immer eine große und kräftige Statur gehabt und starke Arme, in die sich ein Kind gut vergraben konnte, wenn es Angst hatte in der Nacht… Es erschreckte Mia, ihn nun so zu sehen, wie er gebeugt im Sessel saß. Nach einem Moment des Schweigens räusperte er sich.

„Du hast dir Zeit gelassen", sagte er nur. Mehr nicht.

Er ließ sie näher kommen, ohne das Buch beiseite zu legen. Was ging in ihm vor? Mia hätte es gerne gewusst, aber sie konnte ihn nicht fragen. Die Erinnerung an ihren Streit hing zwischen ihnen, als wäre er gerade erst geschehen, und sie fühlte sich nicht in der Lage, darüber zu sprechen und die

Gefühle zu ertragen, die dann in ihr hochsteigen würden. Deshalb setzte sie sich nur auf den Fußschemel, der abseits des Sessels stand und deutete auf das Buch in seinen Händen. „Was liest du gerade?"

Er schien kurz zu zögern, dann räusperte er sich abermals und hob das Buch an, sodass sie den Titel sehen konnte. Es war Hemingways *Der alte Mann und das Meer*. Ein dünnes Buch. Er musste es schon ein Dutzend Mal gelesen haben in seinem Leben. Aus dem Augenwinkel sah Mia, dass auf dem Tisch ganz zuoberst eine Ausgabe des Neuen Testaments lag. Auch in diesem Buch hatte er schon oft gelesen, unzählige Male…

Die Stille zwischen ihnen begann gerade unangenehm zu werden, als Mia die Stimme ihrer Mutter von unten hörte, die zum Essen rief. Mia erhob sich nach einem kurzen Zögern. Ihr Vater jedoch legte das Buch nicht zur Seite, wie sie es erwartet hatte, und auf ihren fragenden Blick hin machte er eine ungeduldige Handbewegung.

„Geh' du schon einmal zu deiner Mutter und hilf ihr. Ich lese die Seite noch zu Ende."

Das hatte er früher auch oft gesagt, wie vertraut war Mia dieser Satz!

‚Ich lese die Seite noch zu Ende.' Und das, obwohl er das Buch ohnehin in- und auswendig kennen musste. Viele der Bücher hier hatte er mehrfach gelesen. Eigentlich die meisten.

Im Esszimmer hatte Rosi bereits die Teller auf den Tisch gestellt. Mia half ihr, die Gläser und das Besteck zu verteilen, dann folgte sie ihr in die Küche. Neben dem Vogelkäfig stand eine große Vase mit Narzissen. Das Blumenpapier lag zusammengefaltet daneben, und Rosi würde es nachher bestimmt dafür verwenden, um damit den Komposteimer auszulegen und so zu verhindern, dass dieser zu schmutzig wurde. Jetzt rührte sie in der Pfanne, in welcher inzwischen Bratkartoffeln brutzelten. Eine Schale mit Sauerkraut stand neben dem Herd auf der Arbeitsplatte.

„Bring doch die Blumen zum Tisch", sagte sie zu Mia und deutete auf die Vase. Und mit einer Geste nach oben fügte sie hinzu: „Kommt dein Vater auch?"

Mia nahm die Vase. Die Blumen dufteten nicht, aber ihre Farben waren leuchtend und stark.

„Du weißt doch", erwiderte sie auf die Frage ihrer Mutter, „er liest noch die Seite zu Ende." Aus dem Augenwinkel sah sie, wie Rosi lächelte.

Es dauerte ein wenig, bis auf der Treppe die Schritte ihres Vaters zu hören waren. Langsam und schwerfällig. Hin und wieder räusperte er sich, und manchmal ging das Räuspern in Husten über. Als er endlich im Esszimmer erschien, hielt er sich am Türrahmen fest und verschnaufte kurz. Dann ging er zu seinem Platz und setzte sich auf den Stuhl, den seine Frau für ihn vorgezogen hatte. Rosi begann das Essen zu verteilen, wobei sie beinahe auch Mia eines von den Fleischpflanzerln auf den Teller gegeben hätte. Aber sie bemerkte im letzten Moment ihren Fehler und legte es stattdessen auf ihren eigenen. Dann setzte sie sich, und nach dem Tischgebet begannen sie zu essen. Der Raum war erfüllt von der Stille zwischen ihnen. Es war nichts zu hören außer dem Klappern des Bestecks und dem leisen Zwitschern des Vogels aus der Küche. Vertraute Geräusche.

‚Ich muss ihn wirklich wieder fliegen lassen', dachte Mia gerade, als ihr Vater sich räusperte.

„Du warst lange weg, Mia", sagte er unvermittelt und legte die Gabel beiseite, nachdem er kaum etwas gegessen hatte. Es war eine Feststellung, doch empfand Mia es so, als hätte er sie etwas gefragt, und da sie nicht wusste, was sie sagen sollte, schob sie sich eine weitere Gabel voller Kartoffeln in den Mund. Sie spürte den Blick ihres Vaters auf sich liegen, und auf einmal war sie wieder sechzehn Jahre alt und sollte ihm erklären, warum die Polizei sie beim Stehlen erwischt hatte. Auch damals hatte sie keine Antworten gewusst im Angesicht der bitteren Enttäuschung, die in seiner Stimme gelegen hatte. Enttäuschung darüber, dass sein Mädchen zu so etwas fähig war. Mia hatte sich geschämt und ihn zugleich verabscheut mit seiner biedermeierlichen Arroganz. Alles an ihm hatte zu der Zeit eine Provokation für sie dargestellt: seine Art zu reden, sich zu kleiden, seine Art zu denken und seine starren Ansichten über Gott und die Welt. Besonders über Gott. Manchmal kam es ihr so absurd vor, dass ein erwachsener Mensch an einen Gott glauben konnte, wie ihn die katholische Kirche anbetete, so naiv und gleichzeitig engstirnig. Voller starrer Vorgaben und Vorstellungen, die nicht viel Raum für eigene Interpretationen ließen. Schon mit dreizehn oder vierzehn Jahren waren ihr die Worte, die in den Gottesdiensten gepredigt wurden, immer absurder vorgekommen. Glaubte ihr Vater das alles wirklich?

Als Mia nun den Kopf hob, um ihn anzusehen, konnte sie seinen Blick nicht deuten. Sie spülte die Kartoffeln mit einem Schluck Saft hinunter und wischte sich den Mund mit der Serviette ab. Servietten mit Rosen darauf hatte ihre Mutter hingelegt. Die waren für besondere Anlässe gedacht…

„Jetzt bin ich da, Papa", erwiderte Mia schließlich auf die Feststellung ihres Vaters.

Er sah sie an, und kurz schien es ihr, als wolle er zu einer Antwort ansetzen, doch seine Frau kam ihm zuvor: „Und ich freue mich darüber!"

Sie griff nach Mias Hand, dann sah sie zu ihrem Mann hinüber mit einem fast herausfordernden Ausdruck. Der zögerte noch, dann jedoch brummte er ein paar Worte der Zustimmung.

Sie hatten zu Ende gegessen, und Mia half ihrer Mutter, das Geschirr in die Küche zu bringen. Während sie dort das Spülwasser ins Becken laufen ließ, hörte sie ihren Vater im Esszimmer husten. Kaum etwas hatte er gegessen, den größten Teil seiner Portion schob Mia in den Mülleimer. Gedämpft konnte sie die Stimmen ihrer Eltern hören, die so vertraut waren und Mia mit einem Gefühl der Geborgenheit erfüllten, trotz allem, was zwischen ihr und ihrem Vater stand.

„Willst du dich hinlegen?", hörte sie ihre Mutter fragen, und dann ihrer beider Schritte auf der Treppe. Brachte sie ihn nach oben? Mia wagte nicht, hinaus auf den Flur zur Treppe zu sehen, denn ihren Vater so schwach zu erleben berührte sie so tief, dass es ihr die Kehle zuschnürte. Hatte sie zu lange gewartet? Was war in den Monaten passiert, in denen sie fort gewesen war? Wie hatte sich die Krankheit ihres Vaters entwickelt? Nie hätte sie damit gerechnet, dass er so rasch schwächer werden könnte, oder genauer gesagt: sie hatte den Gedanken daran verdrängt. Mit ihrer spülschaumbenetzten Hand wischte sie sich die Tränen vom Gesicht. War sie noch rechtzeitig gekommen? War noch genug Zeit? Mit Ihrer Freundin Miriam damals hatte sie keine Zeit mehr gehabt. So rasch, wie sie erkrankt war und wie die Gehirnhautentzündung damals fortgeschritten war, hatte das Schicksal ihnen keinen Raum gegeben für ein Abschiednehmen. Aber Mia hoffte, nein, sie glaubte, dass es diesmal anders sein würde. Dass noch genug Zeit war für alles, was gelebt werden musste. Dass sie rechtzeitig heimgekehrt war. Die verlorene Tochter.

# KAPITEL ZWEI

Versonnen wirkte Rosis Blick, wie sie da am Fenster stand und in den Garten hinaus schaute. Mia hatte erwartet, dass sie in die Küche kommen würde um beim Aufräumen zu helfen, nachdem sie ihren Mann zum Schlafzimmer gebracht hatte. Aber nun hatte Mia das Geschirr und die Pfanne alleine gespült und in den Schrank gestellt, und mit noch feuchten Händen trat sie im Wohnzimmer neben ihre Mutter. Vor ihnen auf der Fensterbank standen einige Blumentöpfe mit jungen Gemüsepflänzchen. Jedes Jahr zog Rosi Pflanzen aus Samen groß, meist Tomaten, aber auch Zucchini, Paprika und Salat. Wenn es warm wurde draußen, würde sie die ins Gemüsebeet im Garten pflanzen. Mia wusste, wie sehr ihre Mutter das Wachsen der Pflanzen liebte, denn sie wurde nicht müde, jedes Jahr aufs Neue den Garten zu bearbeiten, das Gemüsebeet umzugraben und von Unkraut zu befreien. Würde sie es dieses Jahr genauso machen können? Jetzt zupfte sie trockene alte Wurzelfäden aus der Erde in den Töpfen. Sie waren fast genauso dünn wie die zarten neuen Pflänzchen, die neben ihnen aus der Erde schauten. Dieses Jahr war Rosi früh dran gewesen mit dem Aussähen. Dieses Jahr, in dem sich alles verändert zu haben schien...

„Wie lange geht es Papa schon so schlecht?", durchbrach Mia das Schweigen zwischen sich und ihrer Mutter. Die seufzte: „Ach, Kind, das ist jetzt schon eine Weile so... vielleicht einen Monat." Mit beiden Händen wischte sie ein paar heruntergefallene Erdkrümel auf.

„Aber wenigstens wird es momentan nicht mehr schlimmer. Er ist einfach schwach", fügte sie dann hinzu. Das hatte Mia gesehen, und es hatte sie entsetzt.

„Braucht er Pflege?", fragte sie und stellte fest, dass sie sich vor der Antwort fürchtete. Rosi jedoch schüttelte den Kopf.

„Er will alles selbst machen. Es dauert lange, aber er macht alles selbst." Das klang ganz nach ihrem Vater Karl, und eigentlich war es ein gutes Zeichen, dass er noch so selbständig war. Ihre Mutter nach der Prognose zu fragen, traute Mia sich jedoch nicht, denn sie spürte, dass sie die Antwort jetzt nicht hören wollte. Stattdessen fragte sie: „Hat er Schmerzen?"

Ihre Mutter seufzte erneut. Ihr Blick lag in der Ferne, irgendwo in ihrem Garten, und es dauerte bis sie antwortete: „Das Mittel, was er jetzt bekommt, hilft ganz gut. Am Schlimmsten ist es halt in der Nacht." Endlich sah sie ihre Tochter an. „Aber du kennst ihn ja, er verbirgt seine Schmerzen, so gut es geht."

Das stimmte. Mia konnte sich nicht entsinnen, ihren Vater jemals weinen gesehen oder sonst eine Äußerung des Schmerzes oder Leids von ihm gehört zu haben. Nicht, wenn er sich beim Arbeiten verletzt hatte, und auch nicht, als seine eigenen Eltern kurz hintereinander gestorben waren. Er schien das alles mit sich selbst auszumachen. Rosi warf den Abfall aus den Blumentöpfen in den Papierkorb neben dem Fenster. Dann legte sie ihrer Tochter die Hand auf die Schulter. „Komm, lass uns dein Bett machen."

Es war seltsam für Mia, auf einmal in ihrem Zimmer zu stehen. Es hatte sich nicht viel verändert, nur standen jetzt zwei voll beladene Wäscheständer in der Mitte. Und zwei Stühle, die sonst im Schlafzimmer ihrer Eltern gestanden hatten, waren hierher geräumt worden. Es kam ihr alles sehr vertraut vor und doch seltsam fremd. Ihre Mutter schob die Wäscheständer an die Wand.

„Morgen kommen die raus, dann ist die Wäsche trocken", sagte sie und verließ den Raum. Durch das Fenster fiel das schwache Licht der Sonne, die schon tief stand. In zwei Stunden würde sie untergegangen sein und Platz machen für das Land der Träume…

Mia stellte ihren Rucksack auf den Boden vor ihr Bücherregal. Viele der Bücher standen schon seit Jahrzehnten hier, denn sie hatte nie viel aussortiert. Ihre Jugendbücher reihten sich an Gedichtbände, Kunstbücher, Romane und an die Bilderbücher, die sie als Kind geliebt hatte. Ihr Blick fiel auf die wunderbar illustrierte Ausgabe von *Alice im Wunderland.* Wie hatte sie dieses Buch geliebt als Kind! Unzählige Male hatte sie sich von ihren Eltern vorlesen lassen, wie Alice im Kaninchenbau verschwand und die verrücktesten Abenteuer erlebte, und später hatte sie das Buch selber gelesen. Wieder und wieder. Sogar jetzt noch kam es ihr wie ein wertvoller Schatz vor, als sie es durchblätterte.

Ihre Mutter kam mit frischer Bettwäsche zurück, und gemeinsam bezogen sie Decke, Kissen und Matratze. Sie taten dies schweigend. Rosi schien in Gedanken zu sein, und als Mia sie aus dem Augenwinkel betrachtete, stellte sie fest, dass ihre Mutter müde aussah, erschöpft. Die letzten Wochen waren bestimmt nicht leicht gewesen für sie, und Mia spürte in sich das schlechte Gewissen stechen, weil sie so lange fort geblieben war. Aber wie sollte sie sich dafür entschuldigen, wie es ihrer Mutter erklären? Wenn sie es doch selbst nicht so recht verstand… dieses Gefühlschaos…

Als sie mit dem Bett fertig waren, standen sie kurz schweigend nebeneinander und betrachteten ihr Werk. Auf einmal wandte Rosi sich zu ihrer Tochter um und umarmte sie innig.

„Es ist gut, dass du heimgekommen bist", sagte sie leise. Dann verließ sie Mias Zimmer.

# KAPITEL DREI

Denisa ging die Treppe zu der kleinen Pension hinauf. In der einen Hand hielt sie ihren Autoschlüssel, in der anderen ihre Reisetasche, die nicht besonders groß war, und doch genug Dinge beherbergte, um für ein bis zwei Wochen bleiben zu können. Die Dame am Empfang war wohl um die Fünfzig, eine sympathische Frau mit lachenden Augen und einer kräftigen Statur. Sie trug eine wunderschöne blaue Bluse mit silbernen Stickereien am Kragen und am Saum und begrüßte Denisa freundlich: „Guten Tag, haben Sie reserviert?"

Denisa nickte und kramte ihren Ausweis aus der Tasche. Erst ein paar Tage zuvor hatte sie angerufen wegen des Zimmers, und zum Glück gab es zu dieser Jahreszeit hier nicht viel Fremdenverkehr, denn die Entscheidung, ihre Freundin Mia zu begleiten, war sehr spontan gefallen. Es war eine gute Entscheidung. Denisa wollte gerne in Mias Nähe sein. Aber mit ihr im Haus ihrer Eltern zu wohnen, wäre ein Schritt zu viel gewesen, denn sie ahnte, dass es da wohl einiges gab, was die drei miteinander klären mussten. Da wollte Denisa sich nicht hineindrängen.

Die Pension in dem kleinen Ort war somit genau die richtige Wahl, denn sie befand sich nah genug bei Mia, um für sie da zu sein, und doch weit genug weg, um nicht zu stören. Nach Erledigung der Formalitäten folgte Denisa der Dame, Frau Glöckner, die zugleich die Besitzerin der Pension war, die Treppe hinauf in den zweiten Stock, wo diese eine Tür aufschloss und öffnete. Sie ließ Denisa vorgehen. Es handelte sich um ein gemütliches Einzelzimmer mit einem breiten Bett in der Mitte. Ein großes Fenster ging hinaus zur Straße. „Es ist ganz ruhig", versicherte ihre Gastgeberin, zog die Gardinen zurück und öffnete, wie zum Beweis, einen der

Fensterflügel. Ein Tisch und ein Stuhl standen nahe dem Fenster, ansonsten vervollständigte eine große Kommode die Einrichtung. Es war schlicht, aber gemütlich. Genau richtig. „Frühstück gibt es von sieben bis neun Uhr", sagte Frau Glöckner noch, dann reichte sie Denisa den Schlüssel und verabschiedete sich.

Denisa stellte ihre Tasche auf den Boden vor das Bett und blieb einen Moment regungslos davor stehen. Das sollte nun ihr Wohnraum für die nächsten Tage sein. Über dem Bett hing ein großes Bild, das ein Haus am Meer zeigte, neben dem Zypressen und blühende Sträucher wuchsen. Es gefiel Denisa sehr, weil es sie an ihre Urlaube in Italien erinnerte. Sie mochte dieses mediterrane Flair sehr. Nach einem weiteren Moment des Betrachtens bückte sie sich zu der Tasche hinunter und öffnete einen Reißverschluss an der Seite. Nur ihr kleines Notizbuch mit dem Raben vorne drauf, sowie ein kleiner Bilderrahmen waren darin, und sie holte beides heraus. Das Buch legte sie auf den Tisch am Fenster, das Bild jedoch stellte sie auf das schmale Nachtkästchen neben ihrem Bett. Der Blick darauf versetzte ihr einen Stich, wie jedes Mal, wenn sie es betrachtete. Über zwei Monate war ihre Oma nun schon tot, und Denisa nahm wahr, dass der Verlust nicht mehr so tief schmerzte wie am Anfang. Aber sie war sich dessen bewusst, dass es noch lange dauern würde, bis die Trauer vergangen sein würde, wenn das überhaupt jemals geschah. Auf dem Foto stand ihre Oma in ihrem Garten und hielt einen Topf mit Narzissen darin in der Hand, kurz davor, sie in das Beet zu pflanzen. Sie hatte ihren Garten geliebt, und seit Denisa denken konnte, hatte die Gartenarbeit zu ihrem Leben gehört. Die meiste Zeit ihres Lebens hatte Denisa mit ihrer Oma gewohnt.

Gerade als sie das Bild schön platziert hatte, klingelte ihr Handy, und sie zog es aus ihrer Hosentasche, um den Anruf anzunehmen. Es war Mia, sie rief vom Haus ihrer Eltern aus an. Zuerst wollte sie wissen, ob Denisa gut angekommen war und ließ sich das Zimmer beschreiben.

„Und wie geht es bei dir?", fragte Denisa. Mia schien nach Worten zu suchen.

„Besser, als ich erwartet habe", erwiderte sie dann, aber Denisa meinte, in ihrer Stimme Bedrückung mitschwingen zu hören.

„Wie geht es deinem Vater?", erkundigte sie sich daher weiter.

„Nicht so gut", war Mias Antwort. Mehr schien sie dazu nicht sagen zu wollen, und Denisa drängte sie nicht.

„Sehen wir uns morgen?", fragte sie stattdessen und freute sich, als ihre Freundin bejahte.

„Am Nachmittag können wir uns im Ort treffen. Da müssen meine Eltern sich ‚eh ausruhen.'"

Sie verabredeten, dass Mia sie am nächsten Tag um vierzehn Uhr an der Pension abholen würde. Nachdem das Gespräch beendet war, räumte Denisa ihre Kleider in die Kommode und zog eine bequeme Hose an. Sie wollte draußen ein wenig spazieren gehen, solange es noch hell war. Sie wollte an die frische Luft. Die Pension selber lag zwar an einer Straße, aber wenn man diese überquert hatte, kam man gleich in eine parkartige Anlage. Vereinzelte Schneeglöckchen reckten schon ihre Köpfe hervor, und nur noch hier und dort lag ein Schneehaufen. Die Sonne stand tief, und doch wärmten ihre Strahlen dort, wo sie Denisas Haut berührten. Die Luft war frisch, ein leichter Wind ging, so dass die junge Frau froh war, ihre Mütze aufgesetzt zu haben. Sie ging zügig den Weg entlang und versuchte, matschigen Stellen auszuweichen. Vor Kurzem musste es hier geregnet haben, denn auch das Gras war ziemlich feucht. Unzählige Vögel flatterten zwischen den Büschen und Bäumen umher. Denisa erkannte Kohlmeisen, Goldammern, Spatzen und sogar ein Rotkehlchen. Nach den kalten Wintertagen schien es ihr, als würden die Vögel sich genau wie sie selbst an den schönen Sonnenstrahlen erfreuen, in sehnsüchtiger Erwartung auf den Frühling. Denisa empfand ihn jedes Jahr aufs Neue als wunderbares Versprechen. Ein Versprechen und eine Vorahnung auf die herrliche warme Zeit des Jahres, die vor ihr lag. Jedes Jahr wieder hatte sie Ostern mit ihrer Oma im Garten verbracht, zumindest wenn das Wetter es zugelassen hatte. Ostern, das Fest der Auferstehung, es war wie ein Neubeginn nach einer Zeit der Reinigung. Nicht umsonst fiel es zeitlich zusammen mit heidnischen Frühlingsfesten. Wie und wo würde Denisa wohl dieses Jahr Ostern verbringen, jetzt, wo ihre Oma nicht mehr da war und nachdem Omas Haus zu dem Zeitpunkt bestimmt schon vermietet sein würde?

‚Ich werde es ja sehen‘, dachte sie. Vielleicht würde ihr das Osterfest dann auch gar nicht mehr so wichtig erscheinen. In den letzten Wochen hatte Denisa immer wieder erfahren, wie ihre Wünsche und Prioritäten sich verändert hatten. Und war sie vor Omas Tod doch ein sehr planender Mensch gewesen, so merkte sie in letzter Zeit immer öfter, dass sie nur von Tag zu Tag lebte. Im Jetzt, wie es von vielen spirituellen Meistern als Ideal beschrieben wurde, aber Denisa fühlte sich auch so, als hätte sie gar keine andere Wahl. An die Vergangenheit mit ihrer Oma zu denken, war noch zu schmerzhaft, als dass sie es oft zulassen konnte. Und die Zukunft…? Es erschien Denisa auf einmal so schwer, etwas zu planen. Sicher, sie würde bald wieder zu arbeiten anfangen und in ihrer Wohnung leben. Aber sonst? Das Bild, das sie zuvor von ihrem Leben gehabt hatte, es passte nicht mehr. Sie hatte sich immer vorgestellt, ihrer Oma irgendwann einmal Urenkel zu schenken. Die hätte sich sehr darüber gefreut, so kinderlieb, wie sie gewesen war. Aber jetzt? Denisa war sich nicht einmal mehr sicher, ob sie überhaupt heiraten würde, was sie früher nie in Frage gestellt hatte. Aber das war gewesen, bevor ihre Oma gestorben war. Und bevor Denisa Mia kennengelernt hatte…

Das kurze Telefonat mit ihrer Freundin, hatte Denisa nachdenklich zurückgelassen. Sie wusste, dass Mias Vater krank war, aber wie krank tatsächlich? Blieb der Familie noch Zeit miteinander? Vielleicht würde Mia morgen schon mehr erzählen können, wenn sie beide sich trafen. Sie hatten sich nach ihrer Ankunft hier so rasch voneinander getrennt, da Mia ohne Umschweife ihr Zuhause hatte aufsuchen wollen. Denisa hatte ihre Nervosität spüren können, als sie die Freundin vor drei oder vier Stunden dort abgesetzt hatte, und nach allem, was Mia ihr erzählt hatte, konnte sie das auch gut verstehen.

Das Licht der Sonne verschwand nun hinter den Bäumen, sodass der Wind auf einmal viel eisiger wirkte als zuvor. Denisa zog ihre Mütze tiefer ins Gesicht und knöpfte den Kragen ihres Mantels zu. Der Weg in der Parkanlage hatte eine Biegung gemacht und führte über einen kleinen Hügel zurück in die Richtung der Straße. An einem Weiher kam sie noch vorbei, auf dem sich im Frühling bestimmt die Enten tummeln würden. Nun jedoch lag er still und verlassen dort. Der rasche Rückzug der Sonne tauchte die Landschaft in eine verschlafene Stimmung, und etwas unheimlich war es, so entfernt von den Lichtern der Straße, weshalb Denisa ihren Gang beschleunigte. Jetzt, da es rasch kühler wurde, freute sie sich auf ihr Zimmer und das gemütliche Bett dort, in das sie sich gleich kuscheln wollte.

An ihrem Auto, das vor der Pension auf dem Parkplatz stand, blieb sie stehen und öffnete den Kofferraum. Darin lag der Geigenkoffer, eines der Stücke, die sie aus dem Haus ihrer Oma mitgenommen hatte. Aus irgendeinem Grund hatte sie ihn auch auf diese Reise mitnehmen wollen. Nun nahm sie ihn heraus, schloss den Wagen ab und ging in das Haus, die Treppe hoch zu ihrem Zimmer, wobei ihr niemand begegnete. Denisa atmete wohlig auf, als sie in dem warmen Zimmer ankam, und nachdem sie Schuhe und Mantel abgelegt hatte, zog sie als Erstes die dicken Vorhänge zu. Dann legte sie den Geigenkoffer auf das Bett und öffnete ihn. Auch wenn er selbst ein paar Kratzer und Abschürfungen hatte, das Instrument darin sah absolut makellos aus. Wunderschön schimmerte das glatte Holz im Licht der Deckenlampe, und der Duft, den es verströmte, war in Denisas Erinnerungen verankert. Es war eine der wenigen Erinnerungen, die sie an ihren Opa hatte, denn er war schon vor über zwanzig Jahren gestorben. Da war Denisa gerade sieben oder acht gewesen. Als Kind hatte diese Geige sie unheimlich fasziniert, und sie hätte alles dafür gegeben zu lernen, wie man sie spielte. Aber das Instrument war immer tabu gewesen für sie. Ein Tabu, das ihre Oma auch nach Opas Tod aufrecht erhalten hatte. Warum, wusste Denisa nicht. Auch wenn sie sich sonst so nahe gestanden hatten, in diesem Punkt blieb ihre Oma ihr ein Rätsel. Und jetzt? Konnte Denisa es nun schaffen, die Geige spielen zu lernen?

‚Jetzt kann dich niemand mehr daran hindern‘, hatte Mia einmal zu ihr gesagt. Damit hatte sie Recht, aber Denisa fürchtete sich davor, zu ungeschickt zu sein und zu wenig Ausdauer und Disziplin dafür zu haben. Aber als sie das schöne Instrument vor sich betrachtete, fasste sie den Entschluss zu versuchen, sich ihren Kindheitstraum zu erfüllen.

# KAPITEL VIER

Um Punkt vierzehn Uhr stand Denisa am nächsten Tag mit ihrer Handtasche am Arm vor der Tür ihrer Pension, bereit für einen Spaziergang durch den Ort, und hielt Ausschau nach ihrer Freundin. Lange geschlafen hatte sie heute, und das hatte ihr richtig gut getan. Nach einem ausgiebigen Frühstück hatte sie die Zeit dann in ihrem Zimmer mit Lesen verbracht. Vom Haus ihrer Oma hatte sie einige Bücher mitgenommen, die sie gerne lesen wollte, auch einen Band mit Erzählungen von Hermann Hesse. Damit hatte sie heute begonnen.

Es dauerte nur ein paar Minuten, bis sie Mia auf einem Fahrrad ankommen sah. Die Freundin trug eine dicke Daunenjacke, nicht wie bisher diesen dünnen Herbstanorak. Zudem eine dicke Wollmütze, unter der ihre dunklen Haarspitzen hervor lugten. Direkt vor Denisa hielt sie an, kleine, weiße Wölkchen ausatmend. Sie musste schnell gefahren sein, so rasch wie sie atmete. Mit einem kurzen Kuss begrüßten sie einander. Dann deutete Mia auf Denisas Kopf und sagte: „Hol dir besser noch eine Mütze."

Denisa wunderte sich, schließlich schien die Sonne, und im Ort würden sie bestimmt irgendwo in einem Café landen. Aber Mia schüttelte den Kopf, als sie ihr diesen Gedanken mitteilte. „Wir fahren woanders hin", sagte sie nur.

Erst jetzt fiel Denisa auf, dass Mia ihren Rucksack dabei hatte. Nachdem sie also ihre Mütze aus dem Pensionszimmer geholt hatte, stieg sie hinter Mia auf das Fahrrad. Auf dem Gepäckträger war eine Decke festgeschnallt, sodass das Sitzen dort nicht ganz so unangenehm war. Denisa umfasste die Taille ihrer Freundin von hinten, und sie war überrascht, wie schnell und sicher diese das Fahrrad beschleunigte. Rasch hatten sie eine ordentliche Geschwindigkeit erreicht, mit der sie die Straßen entlang fuhren. Es ging ein paar Mal rechts und links an verschiedenen Häusern vorbei. Die meisten von ihnen hatten Gärten, die reich bepflanzt waren. Denisa stellte sich vor, wie sie alle erblühen würden, wenn ihr Winterschlaf erst einmal vorbei sein würde. Einzelne Schneeglöckchen und Krokusse wagten sich sogar jetzt schon aus der Erde. Je weiter sie fuhren, desto vereinzelter wurden die Häuser. Die Wohngegend machte allmählich großen Wiesen- und Feldflächen Platz, und der Weg wurde schmaler und ging irgendwann von einem Teer- in einen Schotterweg über, der sie beide ordentlich durchschüttelte. Denisa musste sich gut festhalten, um nicht vom Fahrrad zu rutschen. Langsam begann auch ihr Po von der Fahrt zu schmerzen.

„Wo fahren wir hin?", rief sie daher nach vorne. Mia drehte den Kopf halb zu ihr, um zu antworten: „Ist nicht mehr weit!"

Und tatsächlich bogen sie bald auf einen kleinen Wiesenweg ab, der zielstrebig zu einem Waldstück führte. Als er zu holprig und wurzelbedeckt wurde, bremste Mia, und sie stiegen beide vom Rad hinunter. Den restlichen Weg gingen sie zu Fuß. Dichtes Moos und andere Bodenpflanzen säumten den schmalen Pfad. Intensiv war der Geruch nach den feuchten Pflanzen, Harz und Nadelbäumen, und das erinnerte Denisa sehr an das Waldstück nahe dem Haus ihrer Oma. Auf einmal blieb Mia stehen und lehnte das Fahrrad gegen einen Baum. Die Decke vom Gepäckträger klemmte sie sich unter den Arm. Dann hielt sie ihrer Freundin die Hand hin und sagte: „Komm."

Sie führte Denisa vom Weg herunter durch das Moos und dichtes Blattwerk am Boden. Denisa war nun froh, ihre Stiefel angezogen zu haben, denn die waren wenigstens halbwegs wasserdicht. Mia führte sie an der Hand wie ein kleines Kind über Steine, Stöcke und rutschige Wurzeln. Hin und wieder mussten sie über große Äste oder umgefallene Baumstämme klettern. Als sie endlich stehenblieben, war Denisa außer Puste, und ihr war so warm, dass sie kurz ihren Mantel öffnen musste. Ihr Herz schlug kräftig in ihrer Brust. Kräftig und lebendig, so wie sie sich fühlte inmitten dieses schönen Waldes. Vor ihnen lag ein Bachbett, das von großen Steinen gesäumt war. Viel Wasser war nicht darin im Moment, doch Denisa nahm an, dass sich das im Frühling schnell ändern konnte. Mia bestätigte ihre Vermutung:

„Im Sommer fließt hier so viel Wasser durch, dass man darin baden kann." Sie bückte sich und warf einen Stein, der mit einem leisen ‚Platsch' im Wasser versank.

„Früher habe ich hier oft mit Freundinnen kleine Staudämme aus Steinen gebaut", sagte sie dann.

Ihr Blick lag versonnen auf dem Wasser, ein leises Lächeln umspielte ihren Mund. Es schien eine schöne Erinnerung zu sein für sie. Nach einem weiteren Moment des Innehaltens nahm sie die Decke und breitete sie auf einem der großen, flachen Steine aus. Dann setzten sie sich beide darauf. Ihren Rucksack hatte Mia neben sich gestellt. Die beiden Frauen saßen eng beieinander, aneinander gelehnt, und das leise Plätschern des Baches war wie eine wunderschöne Musik, die ihr Beisammensein untermalte. Ein leichter kühler Windhauch zog um ihre Gesichter und ließ die heiße Röte in ihren Wangen verebben. Und als die Wärme der Bewegung in ihren Körpern langsam nachließ, kroch die Februarkälte rasch durch ihre Kleider. Denisa schloss ihren Mantel und zog die Mütze tief über ihre Ohren. Mia sah sie mit einem verschmitzten Grinsen an.

„Gut, dass du sie noch mitgenommen hast", sagte sie mit einer Geste auf die Mütze.

Dann griff sie nach ihrem Rucksack, öffnete ihn und holte eine große Thermoskanne hervor. Sie gab Denisa den Becher und goss den herrlich dampfenden Tee hinein. Er duftete nach Vanille und etwas Fremdem, das Denisa nicht kannte.

„Ich habe Chillipulver ‚reingetan", erwiderte Mia auf ihre Frage nach dem fremden Duft. „Probier mal."

Denisa musste erst pusten, bevor sie einen Schluck trinken konnte. Tatsächlich, die Schärfe des Chillipulvers war deutlich zu schmecken. Der ganze Mund brannte ihr, sodass sie erst kurz nach Luft hecheln musste. Mia lachte, nahm ihr den Becher aus der Hand und trank ebenfalls einen Schluck. So feurig das Getränk war, es wärmte definitiv von innen. Als der Becher leer war, stellte Mia ihn mit der Kanne neben sich. Mit der Zunge fuhr sie sich über die brennenden Lippen, und auf einmal lehnte sie sich zu Denisa und küsste sie auf den Mund. Die Berührung schmerzte zunächst, und Denisa wollte kurz zurückweichen, doch dann spürte sie Mias Hand, die ihren Kopf festhielt. Und je länger der Kuss dauerte, desto schöner wurde er. Der brennende Schmerz ging in eine leidenschaftliche Empfindung über, voller Energie und Kraft. Sie spürte Mias andere Hand, die ihren Mantel öffnete und oben hinein glitt auf Denisas Pullover, wo sie nach ihren Brüsten tastete. Denisa musste nach Luft schnappen, als sie Mias festen Griff spürte, der ihren Busen streichelte. Ihren Kuss nicht unterbrechend ließen sie sich langsam nach hinten sinken, verloren das Gleichgewicht und wären fast vom Rand des Steines gefallen in das kalte Bett aus Moos und Stöcken. Gerade noch konnten sie sich abstützen und wieder aufsetzen. Und dann mussten sie beide so lachen, dass sie erst recht nahe daran waren, hinunter zu purzeln. Mias Hand lag noch immer auf Denisas Brust, und erst als ihr Lachen verebbt war, zog sie sie hervor und schloss den Mantel bis obenhin. Dann strich sie der Freundin eine Haarsträhne aus dem Gesicht und sagte leise: „Komm, lass uns zu deiner Pension fahren."

Auf dem Weg sprachen sie nicht viel. Die Erwartung knisterte zwischen ihnen wie kleine Blitze, und wie kleine Blitze fühlte sich jede von Mias Bewegungen an, die Denisa spürte, während sie hinter ihrer Freundin auf dem Fahrrad saß, ihre Körper aneinander gepresst. Die Erwartung kribbelte in ihrer Brust, in ihrem Bauch und zwischen ihren Beinen. An der Pension angekommen, machte Mia sich nicht die Mühe, das Fahrrad abzuschließen, sondern lehnte es einfach gegen die Hauswand. Denisa war froh, dass die Empfangsdame nicht zu sehen war. Nicht an der Rezeption, und auch nicht auf dem Gang. Sie wollte jetzt nicht aufgehalten werden durch ein Gespräch und womöglich noch erklären müssen, warum sie Mia mit auf ihr Zimmer nahm. Und so liefen die beiden Frauen die Treppe hoch in den zweiten Stock zu Denisas Zimmer, das sie eilig aufsperrte. Kaum war die Tür ins Schloss gefallen, nahm Mia den Schlüssel aus Denisas Händen und schloss zwei Mal ab. Dann legte sie den Schlüssel auf die Kleiderkommode, öffnete ihren Anorak und ließ ihn auf den Boden fallen. Einen dunkelblauen Pullover trug sie, der lang über ihre Jeans fiel. Ohne sich zu bücken zog sie ihre Schuhe aus und ließ sich dann auf das Bett fallen. Ihre Wangen waren vom schnellen Radfahren noch gerötet, und der Blick, den sie Denisa zuwarf war ein Ausdruck heißen Verlangens. Sie streckte ihre Hand nach Denisa aus und ihr „Komm!" war fast gehaucht. Ihre Hand lag zwischen ihren Beinen…

Denisa beeilte sich, ihren Mantel und die Stiefel auszuziehen. Und auch ihr Pullover erschien ihr auf einmal viel zu heiß und eng. Kurzerhand streifte sie ihn über ihren Kopf, gefolgt von ihrem Unterhemd. Mia beobachtete genau, wie sie auch ihren BH öffnete und auf den Boden fallen ließ. Und wie sie dann auf das Bett kroch, ganz nah zu ihrer Freundin, um sie leidenschaftlich zu küssen, so leidenschaftlich wie zuvor auf dem Stein am Bach. Mias Lippen waren heiß, ihr ganzes Gesicht glühte förmlich. Denisa spürte diese Hitze, als sie die Haut mit den Lippen berührte, und sie spürte wieder Mias Hand auf ihrer Brust und ihrem Bauch, eine Gänsehautwelle nach der anderen auslösend. Das Kribbeln durchdrang Denisas ganzen Körper. So sehr wollte sie diese schöne Frau neben sich spüren, ganz ohne Kleider, nackt und heiß. Deshalb fuhr sie mit beiden Händen unter Mias Pullover, und die verstand sofort. Im nächsten Moment lagen sie beide von aller Kleidung befreit nebeneinander, eng umschlungen, jede in die raschen Atemzüge der anderen eingetaucht. Sie lagen so eng Haut an Haut, dass Denisa meinte, Mias Herz pochen zu spüren. Und was sie definitiv fühlte war Mias Hand, die auf einmal zwischen Denisas Beinen war und sie streichelte, sodass sie stöhnen musste. Mia hörte nicht auf. Irgendwann nur führte sie Denisas Hand zwischen ihre eigenen Schenkel. Mia war so feucht, und Denisa war überrascht, wie sehr es sie anmachte, das zu spüren. So lagen sie eng umschlungen und einander liebkosend, bis sie beide, kurz nacheinander, ihren Höhepunkt erreichten und ihre Körper sich gegeneinander aufbäumten, um dann erschöpft und keuchend zurück zu fallen. Nur ein wenig lösten sie sich voneinander, lagen eine ganze Weile nahe beieinander und ruhten sich aus.

Irgendwann wurde es Denisa zu kühl, deshalb zog sie die Bettdecke unter sich hervor und deckte sich und ihre Freundin damit zu. Mia schien ein wenig gedöst zu haben, denn bei der Bewegung zuckte sie zusammen. Für die Decke jedoch war sie dankbar. Sie hatte Gänsehaut am ganzen Körper. So lagen sie eng nebeneinander auf dem Rücken unter der warmen Decke, und Denisa war gerade fast eingenickt, als sie Mias leise Stimme hörte: „Was meinst du, wie viel Uhr es ist?"

Denisa hatte keine Ahnung. Ihre Handtasche mit dem Handy darin lag auf dem Boden, wo auch ihre Kleider lagen, und sie war zu müde und zu faul, um sie zu holen. Deshalb überlegte sie kurz. Die Fahrt zu dem Bach hatte einfach bestimmt zwanzig Minuten gedauert, also vierzig Minuten hin und zurück. Am Bach selber waren sie höchstens eine halbe Stunde gewesen. Sie schloss daraus, dass es jetzt kurz nach vier sein müsste. Als sie Mia das Ergebnis ihrer Rechnung mitteilte, streckte die sich.

„Gut", erwiderte sie, „Dann haben wir noch Zeit, um etwas zu essen."

Bei diesen Worten spürte Denisa plötzlich das Loch in ihrem eigenen Bauch. Kein Wunder! Sie hatte seit dem Frühstück nichts mehr gegessen. Aber Mia? Hatte sie nicht mit ihren Eltern zu Mittag gegessen? Als Denisa diese Frage ausgesprochen hatte, schwieg ihre Freundin einen Moment. Ihr Blick haftete an der Zimmerdecke.

„Ich habe nicht viel runtergebracht", antwortete sie schließlich. Der Ton in ihrer Stimme, er klang traurig und bitter zugleich. Warum? War es Verbitterung über das, was zwischen ihr und ihrem Vater war? Denisa wusste nicht, wie sie ihre Freundin darauf ansprechen sollte. Mia hatte bis jetzt wenig erzählt darüber, wie es für sie war, wieder daheim zu sein. Sie hatte noch nicht einmal mehr über den gesundheitlichen Zustand ihres Vaters gesagt, als dass es ihm nicht so gut ging. Was hieß das genau? Vorsichtig drehte Denisa sich auf die Seite, so dass sie Mia ansehen konnte.

„Wie geht es deinem Vater denn wirklich?", fragte sie vorsichtig. Es schien ihr die richtige Frage zu sein, um in das Thema einzusteigen, und Mia ging darauf ein, denn sie erwiderte:

„Der Lungenkrebs ist schon weit fortgeschritten... Aber so genau haben wir darüber noch nicht gesprochen." Sie machte eine kleine Pause, dann fuhr sie fort: „Mein Vater ist ohnehin nicht der Mensch, der über so etwas spricht. Und mit meiner Mutter konnte ich auch noch nicht in Ruhe reden. Er ist viel schwächer, als ich ihn in Erinnerung hatte."

Unvermittelt sah sie Denisa an. „Abgenommen hat er ziemlich." Sie schluckte und schloss mit: „Das ist irgendwie ganz schön unheimlich für mich. Er war immer so groß und stark..."

Denisa wartete darauf, dass ihre Freundin weitersprach, aber die blieb stumm. Gerade überlegte Denisa, was sie darauf antworten konnte, als Mia sich unvermittelt aufsetzte.

„Komm, lass uns was essen", sagte sie und stand vom Bett auf. Und da Denisa wirklich Hunger hatte, ließ sie sich nicht zweimal auffordern.

Es gab ein kleines italienisches Restaurant nur zwei Straßen von der Pension entfernt, und kurz mussten die beiden Frauen draußen warten, da es erst um siebzehn Uhr für seine Abendgäste öffnete. Der Duft von Pizzateig und verschiede-

nen eingelegten Gemüsesorten lag in der Luft des gemütlichen Lokals, dessen steinerne Mauern das Gefühl vermit-
telten, man befände sich in einem unterirdischen Gewölbe.
Ein Kaminfeuer prasselte an einem Ende des Raumes. Der
köstliche Duft  zog von einer Theke zu ihnen herüber, an
der eine reiche Auswahl an Antipasti angeboten wurde. Mia
überließ es Denisa, einen Teller davon für sie beide zusam-
menzustellen. Als Hauptgericht nahmen sie Pizza. Noch war
es nicht sehr voll. Wahrscheinlich kamen die meisten Gäste
später am Abend. Aber da es schon wieder dunkel wurde
draußen, war Denisa erfüllt von einem angenehmen Gefühl
der Geborgenheit hier drinnen. Das Essen schmeckte wunderbar und auch der Rotwein, den Mia dazu bestellt hatte.
Denisa konnte nicht anders, beim Anblick der Weinkaraffe
musste sie sofort an die erste Flasche Wein denken, die sie
mit Mia zusammen gekauft hatte. Fast eineinhalb Monate
war das nun her. Und gute zwei Monate war es her, dass sie
sich kennen gelernt hatten. Eine schöne Zeit war es gewesen
bisher, in der ihr Mia ganz neue Dinge und Seiten an sich
gezeigt hatte. Was bedeutete ihre Beziehung für Mia? So direkt traute Denisa sich das nicht zu fragen. Sicher bedeutete es nicht dasselbe wie für sie selbst, schließlich hatte Mia
schon Freundinnen vor ihr gehabt. Obwohl… sicher wusste
Denisa nur von Miriam. Wie war es gewesen für Mia zu merken, dass sie sich zu Mädchen hingezogen fühlte und mit
ihren Eltern nicht darüber sprechen zu können? Das musste
schlimm gewesen sein! Schließlich hatte sie erzählt, wie religiös die waren.
„Wirst du mich deinen Eltern vorstellen?", brach Denisa irgendwann das einvernehmliche Schweigen, das während des
Essens geherrscht hatte. Mia sah sie erst an, einen Ausdruck
des Erstaunens in ihren Augen, dann senkte sie den Blick auf
die Tischplatte. Sie schwieg, ihre Hände spielten mit dem
Salzstreuer, wobei ein paar Salzkörner auf den Tisch krü-
melten. Denisa bereute ihre Frage schon, schließlich wusste

sie, wie schwer es gerade für ihre Freundin war. Sie hatte sie nicht unter Druck setzten wollen.

Gerade wollte sie Mias Hand nehmen und sich entschuldigen, als diese sie mit ihren grünen Augen direkt ansah.

„Bitte gib mir noch etwas Zeit", hörte Denisa sie leise sagen.

# KAPITEL FÜNF

Mia schreckte aus einem unruhigen Traum hoch. Was war das für ein Geräusch gewesen? Hatte sie das geträumt? Doch gerade, als sie sich umdrehen wollte, um wieder einzuschlafen, drang es erneut an ihr Ohr. Ein seltsames Geräusch wie ein Wimmern und ein Röcheln zugleich. Sie richtete sich auf und lauschte angestrengt. Es kam aus dem Schlafzimmer ihrer Eltern am anderen Ende des Ganges neben der Bibliothek. Als sie es erneut vernahm, schlug sie die Bettdecke zurück und ging durch ihr dunkles Zimmer hinaus auf den Gang.

Im Zimmer ihrer Eltern brannte Licht, und die Tür war halb geöffnet. Als Mia beinahe davor stand, trat ihre Mutter in den Türrahmen, in der Hand ein blutiges Laken. Mia packte Entsetzen.

„Was ist passiert?", fragte sie leise, und sie musste das Zittern ihrer Lippen unterdrücken. Erst jetzt schien ihre Mutter sie in dem dunklen Flur zu bemerken, denn sie schreckte zurück.

„Ach, Mia...", ließ sie vernehmen. Dann ging sie mit eiligen Schritten zum Badezimmer und kam gleich mit einer Nierenschale zurück.

„Er hat nicht genug von seinen Medikamenten genommen", sagte sie im Vorbeigehen und verschwand dann im Schlafzimmer. Durch den Türspalt konnte Mia sehen, wie Rosi sich auf die Bettkante neben ihren Mann setzte und ihm die Schale hinhielt. Er lag auf der Seite leicht aufgestützt und hustete röchelnd. Blut tropfte aus seinem Mund in die Schale. Und dann hörte Mia wieder dieses Wimmern, ein Geräusch, das sie bei ihrem Vater noch nie vernommen hatte. Ein Laut tiefen Schmerzes, das sich mit dem Röcheln vereinte. Mia lief ein schrecklicher Schauer durch den ganzen Körper, als sie das hörte.

Kurz zuckte der Gedanke durch ihren Kopf, dass sie ihre Hilfe anbieten sollte, einen Arzt holen vielleicht oder ein Glas Wasser. Aber sie fühlte sich unfähig zu irgendeiner Bewegung, und so beobachtete sie nur, wie ihre Mutter eine der zahlreichen Medizinflaschen vom Nachtkästchen nahm, einige Tropfen auf einen Löffel abzählte und ihrem Mann einflößte. Sobald er das Mittel geschluckt hatte, hustete er erneut und ließ sich dann schwer atmend zurücksinken auf das Kissen. Rosi blieb neben ihm sitzen, die Hand auf seiner Schulter. Sie sprach kein Wort, sie saß nur dort und beobachtete, wie sein Atmen langsam ruhiger wurde. Die Augen hatte er geschlossen. Mia wusste nicht, ob er seine Tochter auf dem Gang überhaupt bemerkt hatte. Unkontrolliert machte sie einen Schritt nach vorne und wollte das Zimmer betreten, doch der Blick, den ihre Mutter ihr zuwarf, ließ sie stocken. Es war ein Blick voller Traurigkeit, und zugleich verriet er Mia, dass Rosi so eine Situation nicht zum ersten Mal erlebte. Mit einem leichten Kopfschütteln bedeutete sie ihrer Tochter zu gehen.

Mia fühlte sich zittrig, als sie die paar Schritte zurück zu ihrem Zimmer ging. Wie schlimm es wirklich um ihren Vater stehen musste, diese Erkenntnis brach über sie herein wie ein Hagelschlag. Und auch wie schwer es für ihn sein musste, sich selbst so schwach zu erleben. Er, der immer so stark und sicher gewesen war in allem, was er tat!

Mia kroch unter ihre Bettdecke und zog sie bis über ihren Kopf. Sie fror entsetzlich, das ganze Zimmer kam ihr eiskalt vor, und alles in ihr schien sich zusammen zu krampfen, vor allem ihre Brust. Es schmerzte so sehr! Und nicht nur die Szene, deren Zeugin sie gerade geworden war, auch das schlechte Gewissen brannte in ihr wie ein Höllenfeuer. Wie hatte sie ihre Eltern so lange alleine lassen können? Warum hatte sie nur an sich und ihre eigenen Verletzungen gedacht, so unfähig, die Verwundbarkeit ihres Vaters wahrzunehmen?

Mia zog die Beine eng an ihren Körper und weinte sich langsam in den Schlaf.

Als sie wieder erwachte, schien das Licht der Februarsonne in ihr Zimmer. Wie lange hatte sie geschlafen? Und wie ging es ihrem Vater? Einen Moment lang spürte Mia Panik in sich hochsteigen bei der Erinnerung an das, was sie in der Nacht miterlebt hatte. Aber dann hörte sie ihre Mutter auf dem Gang hin und her gehen, und ihre Schritte klangen ruhig, nicht so hastig wie in der Nacht. Das beruhigte Mia.

Nach ein paar Minuten des Wachwerdens stand sie auf und zog sich einen weiten Pullover über ihren Schlafanzug. Das war eine Angewohnheit von früher. An schulfreien Tagen hatte sie es geliebt, bis spät in den Nachmittag im Schlafanzug zu bleiben und so jederzeit zurück ins Bett kriechen zu können. Erst recht an kalten Tagen. Und es war kalt heute, obwohl die Sonne schien. Der Garten war bedeckt mit einer dünnen Schicht aus silbern schimmerndem Reif.

Nachdem sie einen Moment lang am Fenster gestanden und in den Garten gesehen hatte, wandte Mia sich zur Tür. Sie musste zur Toilette und gleichzeitig hatte sie riesigen Durst. Als sie aus ihrem Zimmer trat, hörte sie ihre Mutter bereits im Erdgeschoss hantieren. Die Schlafzimmertür ihrer Eltern war geschlossen. Barfuß ging Mia die wenigen Schritte zur Badezimmertür über den kalten Flur, und sie war froh, die Fußbodenheizung im Badezimmer zu spüren, die ihre kalten Füße wunderbar wärmte, während sie auf der Toilette saß. Und wie sie sich schlaftrunken umschaute, da entdeckte sie, dass  in der Badewanne ein Duschhocker stand. Es war genau so einer, wie Mia sie von ihrem Schulpraktikum im Krankenhaus her kannte. Und jetzt, wo sie genauer hinsah, bemerkte sie auch die zusätzlichen Haltegriffe, die über und neben der Wanne montiert waren, augenscheinlich um das Ein- und Aussteigen zu erleichtern.

Mia schluckte und wusch sich die Hände, um dann die Treppe hinunter ins Erdgeschoss zu gehen. In der Küche nahm sie ein großes Glas aus dem Schrank und füllte es mit Wasser. Nico saß in seinem Käfig und putzte sich ausgiebig das Gefieder, was für ihn ein Ritual darstellte seit er ganz jung war. Nichts und niemand konnten ihn davon abhalten, und auch jetzt stockte er nur kurz als Mia ihn begrüßte. Ein paar Sekunden legte er den Kopf schief und beobachtete Mia, wie sie ein paar Krümel vom Tisch vor dem Käfig aufwischte. Dann wandte er sich wieder seinen großen Schwanzfedern zu, die er elegant eine nach der anderen bearbeitete.

Ihre Mutter war im Wohnzimmer, nahm Mia an, denn ab und an war ein Klappern wie von Geschirr zu hören. Noch immer barfuß ging sie mit dem Glas in der Hand hinüber, den Geräuschen folgend. Rosi kniete auf dem Boden vor der Terrassentür und hatte vor sich eine Zeitung ausgebreitet, auf der ein paar Blumentöpfe standen. Sie hatte ihre Tochter nicht kommen hören, so vertieft war sie darin, sie mit Erde zu füllen. Neben ihr auf dem Teppich lagen verschiedene Tütchen mit Samen darin.

Um sie nicht zu erschrecken, räusperte Mia sich leise und sagte dann: „Guten Morgen."

Ihre Mutter sah sich kurz zu ihr um und lächelte während sie den Gruß erwiderte. Dann winkte sie Mia zu sich.

„Was meinst du, was soll ich noch sähen?"

Sie deutete auf die Samentütchen, auf denen Tomaten, Zucchini, Gurken und Brokkoli abgebildet waren. Mia stellte ihr Glas auf die Fensterbank und hockte sich neben sie.

„Was wächst denn am schnellsten?", fragte sie. Kurz überlegte Rosi, dann nahm sie das Tütchen mit den Zucchinisamen hoch.

„Die wachsen schnell hoch und blühen auch schön", sagte sie, und nach einer kurzen Pause fügte sie hinzu: „Dein Vater mag die Blüten gerne."

Mia kannte die schönen orangen Blütenkelche, denn sie hatte sie schon früher im Garten gesehen wenn Rosi Zucchini gepflanzt hatte.

‚Wird Papa dieses Jahr die Blüten noch erleben?', schoss es Mia unweigerlich durch den Kopf, aber sie sprach es nicht aus. Stattdessen beobachtete sie schweigend, wie ihre Mutter das Tütchen aufriss, in jeden der Töpfe einen der großen Samen einsetzte und mit Erde bedeckte. Voller Sorgfalt waren ihre Bewegungen, so schien es Mia, und irgendwie liebevoll. Als das Tütchen leer war, erhob ihre Mutter sich vom Boden und stellte die Töpfe, einen nach dem anderen, auf die Fensterbank neben die anderen, die sie schon vorher bepflanzt hatte. Mia half ihr damit und faltete dann vorsichtig das Zeitungspapier zusammen, sodass keine Erdkrümel auf den Boden fallen konnten.

„Schläft Papa noch?", fragte sie beiläufig. Sie wollte wissen, wie es ihm ging nach dieser Nacht, aber sie traute sich nicht, direkt zu fragen. Rosi verschloss sorgfältig den Beutel, in dem die frische Erde enthalten war.

„Ja", antwortete sie, „die Nacht war schwer für ihn."

Sie öffnete die Balkontür und stellte die Erde nach draußen. Dann warf sie einen Blick auf die Uhr an der Wand.

„Aber jetzt muss ich ihn wecken", fuhr sie fort. „Wir haben um viertel nach zwölf einen Termin in der Klinik."

Bei dem Wort ‚Klinik' fuhr ein Schreck durch Mias Innerstes, der sich in ihrem Magen schmerzhaft bemerkbar machte. Sie spürte die Furcht davor, mehr über den Zustand ihres Vaters zu erfahren und zugleich ein tiefes Bedürfnis nach Gewissheit.

„Kann ich mitkommen?", fragte sie deshalb nach einem Moment des Zögerns. Rosi sah sie einen Moment lang an mit einem Blick, den Mia nicht deuten konnte. Würde ihr Vater es überhaupt zulassen, dass seine Tochter mitkam und erfuhr, wie krank er war, schoss es ihr durch den Kopf? Mia wollte gerade fragen, ob sie ihre Eltern besser ein andern mal begleiten sollte, als ihre Mutter zu ihr trat und sie fest an sich drückte.

„Ja bitte, komm mit", sagte sie leise.

# Kapitel sechs

Mit Narzissen und Primeln bepflanzte Blumentöpfe am Eingang der Klinik erzeugten eine freundliche Atmosphäre. Auch das Licht im Eingangsbereich war nicht so kalt, wie Mia es von ihrem Praktikum her in Erinnerung hatte. Auf der Fahrt hierher hatten sie nur wenig gesprochen, nur darüber, dass immer mehr neue Häuser hier gebaut wurden, dass der große Baum in ihrem Garten im Herbst hätte beschnitten werden müssen und dass ein neues Einkaufszentrum gebaut wurde in der Nähe. Belanglose Dinge. Mias Vater wirkte erschöpft von der Nacht, aber als Rosi ihn fragte, ob er noch Schmerzen habe, da brummte er nur etwas wie: „Es geht schon."

Wusste er, dass Mia ihn in der Nacht gesehen hatte, so von Schmerzen vereinnahmt? Und wenn ja, wie dachte er darüber?

Mia folgte ihren Eltern durch die Gänge der Klinik. Die beiden schienen ihren Weg genau zu kennen, kein Wunder, schoss es Mia durch den Kopf. In den letzten Monaten waren sie bestimmt ständig hier gewesen. In den zweiten Stock fuhren sie mit dem Aufzug und wendeten sich zu einer Glastür mit der Aufschrift *2.1*, hinter der ein Anmeldetresen zu sehen war. Es dauerte eine Weile bis sie dort ankamen, da ihr Vater langsam ging. Rosi stützte ihn am Arm.

„Guten Tag, Herr Küster", begrüßte die Dame an der Anmeldung ihn freundlich. Dann trat eine blonde Frau neben sie und nahm seine Akte von dem Stapel, der auf dem Anmeldetresen lag.

„Sie können gleich mit mir mitkommen", sagte sie in einem Ton, der Mia fast zu fröhlich vorkam. Zu fröhlich für diese Station und die Patienten, die hierher kamen. Mias Vater schien mit dieser Art jedoch kein Problem zu haben, und er ließ sogar den Ansatz eines Lächelns erkennen, während er der Frau in ein Zimmer mit der Aufschrift *Computertomografie* folgte. Rosi und Mia indes ließen sich auf einer Stuhlreihe am Gang nieder. Ihre Mutter nestelte an ihrer Tasche herum, kramte ein Taschentuch hervor und schnäuzte sich. Von der Kälte draußen lief auch Mia die Nase, und so bat sie ihre Mutter, ihr auch ein Tuch zu geben. Ein leichter Rosenduft stieg davon auf, als sie es an ihr Gesicht hob.

Ein kräftiger Krankenpfleger schob einen Pflegewagen an ihnen vorbei. Er grüßte ihre Mutter freundlich und schien sie zu kennen, genau wie die beiden Frauen vorhin. Das erfüllte Mia zunehmend mit Unbehagen.

„Wart ihr schon oft hier?", fragte sie schließlich, als der Pfleger außer Hörweite war. Rosi seufzte.

„Ach, Mia", antwortete sie leise, „wir sind fast jede Woche hier. So viele Untersuchungen haben sie jetzt schon gemacht. Und helfen können sie doch nicht."

Sie sah ihre Tochter direkt an, mit müden Augen, die die gleiche Farbe hatten, wie Mias eigene.

„Er hat Metastasen in den Knochen. Deshalb fällt ihm das Gehen so schwer", fuhr sie fort. „Und heute wollen sie nachsehen, ob er auch welche im Kopf hat."

Sie wandte das Gesicht ab und hob das Taschentuch. Mia sah, wie sie die bebenden Lippen aufeinander presste. Sie griff hinüber zu Rosis Hand und war überrascht, mit welch kräftigem Druck diese ihre Berührung erwiderte. So, als wolle sie sich festklammern und Halt finden. Und auf einmal sah Mia ihre Mutter wieder in dem Sessel im Wohnzimmer kauern, den heftigen Streit ihrer Tochter und ihres Mannes, ihrer beiden geliebten Menschen, mit anhörend. Und dann ihre leise Stimme, die immer wieder durch all die lauten Worte zu Mia durchgedrungen war: ‚Jetzt hört doch endlich auf…'

Ein Schaudern lief Mia über den Rücken bei dieser Erinnerung. Nicht ihre Wut, nicht die sinnlos erscheinenden Worte ihres Vaters standen nun im Vordergrund, sondern nur Rosis leises Wimmern. Wie musste es ihr wehgetan haben, diesen Streit mit anhören zu müssen! Und all die anderen Auseinandersetzungen davor. Das tiefe Gefühl der Reue, das Mia nun überkam, war fast körperlich schmerzhaft, aber sie wusste nichts anderes zu tun, als weiter Rosis Hand zu halten. Endlos lange. Eine Ewigkeit voller Schmerz.

„Es tut mir leid", flüsterte sie schließlich in das geschäftige Treiben des Krankenhausganges und wusste selber gar nicht, worauf genau ihre Worte sich bezogen. Ihre Mutter jedoch sah sie einen Moment lang an und nickte dann.

Sie warteten noch etwa zwanzig Minuten, bis sich die Tür öffnete, hinter der Mias Vater verschwunden war. Die blonde Frau führte ihn langsam hinaus auf den Gang und zu der Bank, wo er sich mühsam keuchend setzte. Diese wenigen Schritte hatten ihn ungemein erschöpft.

„Der Doktor wird Sie gleich aufrufen", verkündete sie dann und kehrte raschen Schrittes in das Zimmer zurück. Schweigend saßen sie nebeneinander dort, während das Keuchen ruhiger wurde. Rosi sah zu ihrem Mann, und ihr Blick schien zu fragen: ‚Alles okay?' Er antwortete mit einem Nicken.

Sie waren ein eingespieltes Team hier in diesen Gängen des Krankenhauses, das konnte Mia sehen. Diese Gänge, sie waren zu ihrer Welt geworden, einer Welt, in der sie nicht viel zu sagen hatten, und in der sie nicht viel mehr tun konnten als warten und hoffen. Nicht umsonst hatte das Wort *patient* im Englischen die Bedeutung von *geduldig*...

Der Arzt, der sie schließlich zu sich in das Zimmer bat, war mittleren Alters. Seine blonden Haare ergrauten am Ansatz schon leicht, und er bemühte sich nicht, das zu kaschieren, was ihn sympathisch machte. Kurz fragte Mia sich, ob ihr Vater etwas dagegen hatte, wenn seine Tochter die Nachricht des Arztes mit ihm zusammen hörte, doch er zeigte kein Zeichen der Missbilligung, als sie in das Zimmer folgte, und auch keine Zeichen besonderer Anspannung. Es schien fast so, als würde er erwarten etwas zu hören, was er ohnehin schon wusste. Sobald alle Platz genommen hatten, kam Dr. Peters ohne Umschweife zur Sache. Vor ihm waren am großen Computerbildschirm die Bilder der Untersuchung zu sehen, doch Mias Vater würdigte sie keines Blickes. Und als der Arzt von den Metastasen im Gehirn zu sprechen begann, hatte Mia den Eindruck, als wolle er das gar nicht hören. Jedenfalls zeigte er keine Reaktion. Erst als der Mann in Weiß anfing, über eine Chemotherapie als letzte Option zu sprechen, schüttelte er den Kopf. Dr. Peters nickte nur und schien ohne Worte zu verstehen.

„Ich weiß, Herr Küster, Sie hatten das bereits gesagt, dass Sie keine Chemo mehr wollen. Ich möchte Ihnen nur alle Möglichkeiten darlegen", sagte er in einer ruhigen Stimme.

Mia musste unweigerlich an die Zeit kurz nach der schrecklichen Diagnose denken, in der ihr Vater seine erste Chemotherapie bekommen hatte. Schlecht war es ihm gegangen. Eine Zeit voller Schwäche, in der ihm vor allem die Übelkeit und die schmerzhaften Schleimhautentzündungen zu schaffen gemacht hatten. Und genützt hatte es nichts. Mia konnte seine Entscheidung nachvollziehen.

Nun nickte er zu den Worten des Arztes und bedankte sich. Dieser drehte den Monitor beiseite und nahm eine Broschüre vom Tisch.

„Ich möchte Ihnen noch erklären, welche Unterstützung Sie zu Hause bekommen können", fuhr er fort und hielt das Papier so, dass sein Patient es gut sehen konnte. *SAPV-Team* stand darauf in großen Buchstaben.

„Es handelt sich dabei um speziell geschulte Palliativmediziner und Pflegekräfte, die sich genau mit den Bedürfnissen terminal Kranker auskennen", erklärte der Doktor.

Ohne Hemmungen sprach er ‚terminal Kranker' aus, doch Mia bereiteten diese beiden Worte einen Schmerz tief in ihrem Inneren. Dann war es also wahr, was sie tief in sich schon gespürt hatte: ihr Vater hatte den Weg des Sterbens eingeschlagen. Es gab kein Zurück mehr. Sie wunderte sich zuerst, wie ruhig ihre Eltern das aufnahmen, aber als Mia vorsichtig zu ihnen hinüberschaute, sah sie die Tränen auf dem Gesicht ihrer Mutter und ihre zitternden Hände, die nach vorne griffen und die Broschüre von dem Arzt entgegennahmen. Der Blick ihres Mannes folgte der Bewegung, einen unbestimmbaren Ausdruck darin. Was ging in ihm vor? Es gelang Mia nicht, sich das vorzustellen. Sie beobachtete, wie Rosi die Broschüre aufschlug und darin las.

„Ein 24-Stunden-Dienst?", fragte sie dann und schaute Dr. Peters an.

Dieser nickte und entgegnete: „Eine 24-Stunden-Bereitschaft eher. Die Fachkräfte kommen bei Bedarf zu jeder Tag- und Nachtzeit."

Und an Mias Vater gewandt fuhr er fort: „Das ist sehr hilfreich wenn beispielsweise etwas wie letzte Nacht passiert. Dann können Sie jemanden kontaktieren, der Ihnen schnell helfen kann bei Schmerzen oder Atemnot."

Mia war überrascht. Offenbar hatte ihr Vater dem Arzt oder besser seiner Assistentin von seinem Leiden der letzten Nacht berichtet. Das hätte sie nicht von ihm gedacht, sondern erwartet, dass er so etwas für sich behalten würde. Jetzt sah sie ihn zu den Worten des Arztes nicken. Etwas skeptisch schien er jedoch noch zu sein.

„Ich möchte aber nicht mit Medikamenten vollgepumpt werden", wandte er ein.

Dr. Peters schüttelte den Kopf. „Nein, Herr Küster", antwortete er auf die Sorge seines Patienten, „diese Fachkräfte machen nur das, was mit Ihnen vorher abgesprochen wurde. Auch im Notfall."

Mias Vater nickte erneut, aber dieses Mal schien er beruhigt zu sein. Der Arzt holte ein Formular aus der Schublade seines Schreibtisches.

„Ich schreibe Ihnen eine Verordnung dafür, und Sie können dort anrufen und einen Termin zum Kennenlernen vereinbaren", sagte er, während er das Formular ausfüllte. Rosi steckte es in ihre Tasche, zusammen mit der Broschüre, und Mia dachte schon, dass das Gespräch damit beendet war, aber Dr. Peters lehnte sich nach vorne und sprach ihren Vater erneut an:

„Haben Sie darüber nachgedacht, was Ihnen meine Kollegin beim letzten Mal vorgeschlagen hat? Über das Bett?"

Auch Mia blickte fragend zu ihren Eltern. Diesmal reagierte ihre Mutter:

„Ist das denn wirklich nötig, so ein Pflegebett?"

Ihr Vater stellte mit seinem Blick die gleiche Frage. Der Doktor senkte seine Stimme, sein Blick war ernst.

„Sie werden schwächer werden, Herr Küster. Dieses Bett erleichtert Ihnen das Aufstehen enorm."

Und es würde die Pflege erleichtern wenn sie nötig wurde… diese Tatsache hing unausgesprochen und doch offensichtlich im Raum. Als sein Patient noch zögerte, richtete Dr. Peters sich auf.

„Ich schreibe Ihnen auch hierfür eine Verordnung. Dann haben Sie sie, wenn sie gebraucht wird", sagte er bestimmt.

Als sie schließlich aufstanden und sich von dem freundlichen Arzt verabschiedeten, hatte Mia einen Kloß im Hals. Sie schaffte es gerade so, „Auf Wiedersehen" zu sagen und ihren Eltern auf den Gang hinaus zu folgen.

‚Auf Wiedersehen'… Wie oft hatte Dr. Peters das schon zu Patienten gesagt, wohl wissend, dass es die letzte Begegnung gewesen sein würde? Wohl wissend, dass diesen Menschen keine Zeit mehr blieb für ein Wiedersehen…

Zurück im Auto wirkten Mias Eltern beide erschöpft. Sie schwiegen, während Rosi losfuhr, hinunter von dem Krankenhausparkplatz. Die Stimmung war gedrückt, voller unausgesprochener Gefühle von Verzweiflung, Angst, Ärger, Wut… Jedenfalls kam es Mia so vor. Umso überraschter war sie, als ihr Vater auf einmal den Kopf hob und vorschlug:

„Lasst uns zu *Ritas Café* fahren."

*Ritas Café* war ein kleines Lokal im Ortszentrum, das schon ewig existierte, und Mia kannte es seit ihrer Kindheit. Es war alles andere als geräumig, eher klein und gemütlich, wobei die hölzernen Tische und Stühle so alt zu sein schienen, wie das Café selber. Die meisten von ihnen wackelten und hatten unzählige Kerben und Kratzer, doch genau das war es, was die Atmosphäre dort gestaltete. Die vielen Regale an den Wänden, auf denen vergilbte Bücher und Keramik aller Art standen, erinnerten eher an einen Flohmarkt, als an ein Café. Mias Vater hatte dort oft und gerne seine Nachmittage lesend verbracht. Ab und zu waren sie auch als Familie hingegangen, um Kaffee zu trinken und die leckeren Kuchen zu genießen, die dort gebacken wurden. Zumindest, als Mia noch jünger gewesen war. Eigentlich hatte sie sich oft gewundert, warum ihr Vater sich in so einem Durcheinander von Dingen wohlfühlte, wo er doch selbst ein ordnungsliebender Mensch war.

Jetzt war es früher Nachmittag, und in der Ortsmitte herrschte Geschäftigkeit. Menschen erledigten Einkäufe, trafen sich mit Bekannten, gingen mit Kindern an der Hand durch die Straßen. Ein paar Gesichter erkannte Mia, aber einige waren ihr auch fremd. Gerade jüngere Leute in ihrem Alter oder etwas älter waren nur sehr wenige anzutreffen. Die meisten ihrer ehemaligen Schulkameraden wohnten nicht mehr hier, sondern waren in größere Städte gezogen, um zu arbeiten oder zu studieren. Nach dem Abitur hatte sich ihre Klasse in alle Richtungen verstreut, und die meisten, da war sich Mia sicher, würden den Erwartungen ihrer Eltern entsprechen. Brave Töchter und Söhne...

In *Ritas Café* dominierte der Duft von aromatischem Kaffee und Tees verschiedener Sorten. Bereits am Eingang stand eine Vitrine, in der die köstlichen Kuchen präsentiert wurden, und es war unmöglich daran vorbei zu gehen, ohne hoffnungslosen Appetit zu bekommen. Sogar Mias Vater, dem das Gehen an Rosis Arm sichtlich schwerfiel, blieb kurz stehen vor den Glasfenstern und betrachtete die Auswahl. Als er leicht nickte, schien er seine Wahl getroffen zu haben.

Sie fanden einen schönen Eckplatz, an dem die Eltern sich nebeneinander auf die Bank setzten. Mia nahm den Stuhl ihnen gegenüber. Über ihren Köpfen hingen einzelne Regalbretter an der Wand, auf denen Bücher aufgestapelt waren, von denen die meisten schon sehr zerlesen wirkten, denn jeder hier war zum Schmökern herzlich eingeladen. Die freundliche Bedienung ließ nicht lange auf sich warten, und sie bestellten alle drei Kaffee und Kuchen. Apfelkuchen. Mia hatte erwartet, dass ihr Vater sich dafür entscheiden würde, und Rosi und sie selbst hatten sich ihm bereitwillig angeschlossen. Es duftete schon wunderbar nach Kaffee, noch bevor sie ihre Tassen bekamen, und dieser Duft strahlte irgendwie eine Atmosphäre von Ruhe aus. Ruhe und Sicherheit. Und das, wo doch die Realität alles andere als ruhig und sicher war!

Mit einem schmerzhaften Ziehen im Hals erinnerte Mia sich zurück an die Szene in der Klinik. Wie konnten ihre Eltern so ruhig bleiben?

„Was der Arzt heute gesagt hat…", fing sie vorsichtig an, ihre Fragen in Worte zu fassen. „…bedeutet das, dass man nichts mehr tun kann?"

Es folgten ein paar Momente des Schweigens. Ihre Gegenüber sahen beide auf die Tischplatte bis die Bedienung den Kaffee brachte. Als sie den Tisch wieder verlassen hatte, hob Mias Vater den Kopf und antwortete:

„Wir wissen seit drei Wochen, dass man nichts mehr machen kann."

Beinahe ruckartig sah er ihr direkt ins Gesicht und fügte hinzu: „Das wüsstest du auch, wenn du da gewesen wärst!"

Seine Stimme war nicht laut, doch der Vorwurf darin war deutlich heraus zu hören, und er versetzte Mia einen stechenden Schmerz in der Magengegend. Auch ihre Mutter schien bei seinen direkten Worten richtiggehend zusammenzuzucken, denn reflexartig griff sie nach der Hand ihres Mannes und flüsterte: „Lass es gut sein!"

Offenbar befürchtete sie, seine Worte könnten einen Streit auslösen. Mia ahnte, wie schwer das für Rosi jetzt zu ertragen gewesen wäre. Deshalb setzte sie sich aufrecht hin, ihrem Vater direkt gegenüber und sagte, ehe er weitersprechen konnte: „Ich weiß, Papa, und es tut mir leid."

War er überrascht, das so gerade heraus von ihr zu hören? Eine Entschuldigung ohne Rechtfertigung oder Vorwürfe.

Sein Blick ließ seine Gefühle nicht erahnen. Das Gesicht mit den eingefallenen Wangen schien ihr fremd. Er nickte nur kurz und sprach nicht weiter.

Die Kuchenstücke wurden gebracht, und sie begannen zu essen, sodass das Klappern des Bestecks die Stille zwischen ihnen füllte, bis Rosi ganz unvermittelt die Hand ihrer Tochter nahm.

„Jetzt bist du ja da", sagte sie und versuchte ein Lächeln. „Wo warst du überhaupt? Wo hast du gewohnt?"

Mia hatte sich bereits gewundert, dass diese Frage nicht schon früher gekommen war, und dass ihre Mutter das gar nicht zu interessieren schien. Fragten sie beide sich denn nicht, wie es ihrer Tochter ergangen war in der Zeit ihrer Abwesenheit?

Dass die Frage nun doch auf einmal kam, traf Mia dennoch unvorbereitet, und um Zeit zu gewinnen, aß sie die letzten Stücke ihres Kuchens auf. Was sollte sie sagen? Sollte sie von Denisa erzählen, von ihrem Haus, ihrer Oma, ihrer Liebe…? War das vielleicht der Moment für die Wahrheit? Die vollständige Wahrheit?

Aber dann sah sie wieder den Blick ihres Vaters, der sich so völlig ihrer Deutung entzog. War es Misstrauen, Ärger, Skepsis…?

„Ich habe jemanden kennen gelernt", erwiderte sie schließlich nur. Der Blick ihres Vaters änderte sich nicht nennenswert, Rosis Gesicht jedoch hellte sich auf. Sie schien sich wirklich zu freuen, denn sie lächelte. Ihr ganzer Ausdruck war erfüllt von Zuneigung.

„Schön! Vielleicht stellst du ihn uns bald vor?" Mehr sagte sie nicht, und Mia nickte nur. Vielleicht war das eine gute Sache. Vielleicht würde sie das tatsächlich tun.

# KAPITEL SIEBEN

Nachdem sie den Vormittag wieder lesend in ihrem Zimmer verbracht hatte, packte Denisa gegen Mittag das Bedürfnis nach frischer Luft. Es tat ihr gut, in der Natur zu sein. Die Sonne schien herrlich, und tatsächlich war es etwas wärmer als am Vortag. Als kleinen Mittagssnack hatte sie das Stück Pizza verspeist, das von ihrem Essen am Vortag mit Mia übrig geblieben war. Ein kleines Stück nur, aber es genügte ihr, denn ihr Hunger war nicht groß.

Sie wusste, dass sie ihre Freundin heute wohl nicht sehen würde, denn Mia hatte ihr vor Kurzem erst getextet, dass sie ihre Eltern zu einem Kliniktermin begleiten würde. Denisa konnte sich vorstellen, wie aufreibend das werden würde für Mia, hatte sie doch schon erzählt, wie schlecht es stand um ihren Vater. In Gedanken schickte Denisa ihrer Freundin eine tröstende Umarmung und ein paar liebe Worte.

Sie hatte den Park gegenüber ihrer Pension fast durchquert und konnte nun sehen, dass sich daran ein kleines Waldstück anschloss. Eigentlich war die Bezeichnung ‚Wald' übertrieben, denn es handelte sich lediglich um ein paar Baumgruppen. Aber das Licht der Sonne schien in wunderbaren Farben durch die Zweige der Kiefern und noch blattlosen Laubbäume. Und trotz des noch winterlich-kühlen Wetters fühlte Denisa sich auf einmal an ihre Italienreise mit ihrem Exfreund David erinnert. Vielleicht lag es an den Kiefern, deren winterharte Nadeln in der Sonne glänzten und einen wunderbaren Duft verströmten. Mit David war sie vier Jahre zusammen gewesen und hatte so einige schöne Urlaube mit ihm verbracht. Denisas Oma hatte ihn sehr gemocht, weil er höflich und gut erzogen war. Und er hatte Elektrotechnik studiert, was Oma stets annehmen ließ, dass ihre Enkelin gut versorgt war. Es war perfekt erschienen, und hatte doch nicht gepasst.

‚Warst du enttäuscht, als ich mich von ihm getrennt habe?‘, sprach Denisa ihre Oma in Gedanken an. Das tat sie oft seit deren Tod, denn sie mochte die Illusion, mit ihrer Oma noch immer in einem Dialog zu sein. Und manchmal, oft auch nachts in Träumen, hatte sie das Gefühl, sie wäre bei ihr. Irgendwie im Geist. Denn, auch wenn Denisa keine genaue Vorstellung von einem Jenseits hatte, so war sie sich doch sicher, dass die Verstorbenen in irgendeiner Form weiter existierten. Es musste einfach so sein!

Jetzt reckte sie ihr Gesicht zum Himmel, sodass es von den Sonnenstrahlen beschienen wurde, die durch die Baumkronen fielen. Sie war überrascht, wie warm sie sich auf ihrer Haut anfühlten, und einer Eingebung folgend hob sie ihre Arme auf Schulterhöhe und begann, sich zu drehen. Nicht schnell. Ein gleichmäßiger, ruhiger Tanz.

‚Oma, bist du da?‘, dachte sie immer wieder. Sie flüsterte die Worte sogar, so als könnte sie den Geist der Verstorbenen beschwören, sich ihr zu zeigen oder ihr ein Zeichen zu geben. Sie drehte sich, bis ihr zu schwindelig wurde um weiter zu machen. Der blaue Himmel schien über ihr zu leuchten. Denisa schloss die Augen und sog die frische kühle Luft tief in ihre Lungen hinein. Tiefes Leben.

Sie hoffte, dass auch Mia etwas spürte von diesen warmen Sonnenstrahlen, wo immer sie gerade war. Die Freundin würde die Energie heute sicher gut brauchen können, wenn sie in der Klinik mehr darüber erfuhr, wie es ihrem Vater wirklich ging.

Und ganz unwillkürlich, aus dem Nichts heraus, musste Denisa auf einmal an ihren eigenen Vater denken. An diesen Mann, den sie kaum kannte. Wann hatte sie ihn zum letzten Mal gesehen? Mit fünf oder sechs Jahren? Plötzlich erinnerte sie sich nun, dass sie sich als Kind immer wieder vorgestellt hatte, er würde kommen und sie holen oder etwas mit ihr unternehmen. Besonders dann, wenn ihre Oma mal wieder mit ihr geschimpft hatte und sie selbst wütend gewesen war. Aber die Person, die sie sich damals vorstellte, hatte mit ihrem Vater bestimmt nichts gemeinsam. Stark, mutig, freundlich. Ein bisschen so wie einer der Indianerhäuptlinge, die sie aus Filmen kannte und bewunderte. Fürsorglich und großzügig, mit langen dunklen Haaren. So in etwa hatte sie ihn sich ausgemalt. Tatsächlich wusste sie gar nicht richtig, wie er in Wirklichkeit aussah. Sie hatte nur eine sehr schwache Erinnerung an ihn und an alte Fotos, auf denen er mit drauf war. Nach dem Tod ihrer Mutter, als sie fast fünf Jahre alt gewesen war, hatte sie ihn noch ein paar Mal gesehen. Aber als er dann wieder geheiratet hatte, war der Kontakt ganz abgebrochen. Denisa wusste, dass ihre Oma daran nicht ganz unschuldig gewesen war. Sie hatte den Freund ihrer Tochter nie leiden können und fand es unverzeihlich, dass er sich eine neue Frau gesucht hatte, anstatt für sein Kind, für Denisa, da zu sein. Ein unverantwortlicher und egoistischer Mensch war er in Omas Augen gewesen, und jeder Kontakt zu ihm sei nur schädlich für seine Tochter. Denisa hatte nicht einmal mehr ein Foto von ihm. Diese strikte Einstellung ihrer Oma hatte sie bisher nie in Frage gestellt, denn sie war immer fest davon überzeugt gewesen, dass ihre Oma nur das Beste gewollt hatte. Bestimmt war das auch so. Aber nun fragte sich Denisa auf einmal, ob es einen Unterschied gemacht hätte, wenn ihre Oma den Vater ihrer Enkelin nicht so abgelehnt hätte. Hätte Denisa dann heute Kontakt zu ihm?

Denisa ging zügiger und atmete tief durch, denn diese plötzlichen Gedanken über ihren Vater verwirrten sie. Es war das erste Mal seit vielen Jahren, dass sie so viel über ihn nachgedacht hatte, und sie wusste nicht, wie sie damit umgehen sollte. Deshalb war sie froh, als ihr Handy klingelte und den Gedankengängen ein Ende bereitete. Mia am anderen Ende der Leitung schien außer Atem zu sein, aber vielleicht kam Denisa das auch nur so vor.

„Wie war es in der Klinik?", fragte sie, nachdem sie sich begrüßt hatten. Sie bemerkte, dass Mia zögerte.

„Ich weiß nicht", antwortete die Freundin dann leise. „Der Arzt hat uns mehr oder weniger gesagt, dass man nichts mehr tun kann."

Sie machte eine kurze Pause. Im Hintergrund konnte Denisa das leise Zwitschern eines Vogels hören, eines Wellensittichs oder etwas Ähnlichem. Er untermalte Mias Stille.

„Ich hatte nicht gewusst, dass es ihm jetzt schon so schlecht geht", flüsterte sie dann, und Denisa konnte heraushören, dass Mia weinte. So gerne hätte sie sie jetzt in den Arm genommen und sie gehalten, so wie die Freundin sie gehalten hatte, als sie um ihre Oma geweint hatte. Sie hatte befürchtet, dass es Mias Vater nicht gut ging, aber dass es nun fast schon dem Ende zuging, das schockierte sie sehr.

Denisa fühlte sich mit einem Schlag zurückversetzt in die Stunden, in denen sie neben dem Krankenhausbett ihrer Oma gesessen hatte, hoffend und betend, sie möge wieder aufwachen. Und dabei war ihr tief im Inneren schon klar gewesen, dass Omas Tod unausweichlich war, jedenfalls erschien es ihr so in ihrer Erinnerung. Das war so eine Ahnung gewesen, so als könne sie jederzeit den Halt verlieren und in eine endlose Tiefe hinabstürzen. Eigentlich war auch genau das nach Omas Tod passiert. Doch mitten im Fall hatte auf einmal Mia ihre Hand genommen und sie festgehalten. Ihre unerwartete Bekanntschaft hatte Denisa gezeigt, dass das Leben weiterging, egal wie groß der Schmerz war. Und nun wollte Denisa diese Botschaft gerne zurückgeben. Sie wollte Mia spüren lassen, was sie selbst erfahren hatte in den vergangenen schweren Monaten. Aber das konnte sie nicht am Telefon tun.

„Möchtest du zu mir kommen?", fragte sie deshalb leise in Mias Schluchzen hinein. Es dauerte ein wenig, bis Mia die Nase hochzog. Sie schien zu überlegen.

„Nein", antwortete sie dann, „heute bin ich zu müde, um noch raus zu gehen. Ich lege mich ein bisschen hin." Sie schniefte erneut und fügte hinzu: „Tut mir leid."

Denisa versicherte ihrer Freundin, dass das absolut in Ordnung war. Mia klang müde, Ruhe würde ihr bestimmt gut tun, und so wollte Denisa sich schon von ihr verabschieden, als Mia noch einmal zu sprechen begann: „Aber du kannst morgen zu uns kommen. Meine Eltern haben dich zum Essen eingeladen."

Darüber war Denisa so überrascht, dass sie erst gar nicht wusste, was sie erwidern sollte. Hatte Mia nicht gestern noch gesagt, sie brauche Zeit? Und was hatte sie ihren Eltern nun doch über Denisa erzählt?

Binnen Sekunden entschied sich Denisa, es auf sich zukommen zu lassen und ihre Fragen nicht zu stellen. Mia würde ihr schon mehr erzählen, wenn sie es für richtig hielt.

„Oh, das ist schön", erwiderte sie daher nur, ohne ihre Überraschung verbergen zu wollen, und Mia schien dies auch zu bemerken, denn sie erklärte:

„Meine Mutter wollte wissen, wo ich die ganze Zeit gewohnt habe, und da habe ich ihnen von dir erzählt."

Einen Moment zögerte sie, dann fügte sie hinzu: „Allerdings nichts Genaues. Nur, dass ich bei dir gewohnt habe."

Ein wenig traf Denisa diese Aussage, auch wenn sie ihr im nächsten Moment schlüssig erschien. Mia hatte schließlich darum gebeten, ihr Zeit zu geben, und damit hatte sie bestimmt ihr Coming-out gemeint. Und vielleicht war es auch gar nicht so schlecht, die Eltern ihrer Freundin zunächst einmal so locker kennen zu lernen. Eigentlich war Denisa das auch lieber, stellte sie jetzt fest.

„Ich freue mich darauf, sie kennen zu lernen. Bitte sag ihnen Danke von mir." Und dann fügte sie hinzu: „Holst du mich wieder ab?"

Sie verabredeten sich für kurz nach zwölf am folgenden Tag und verabschiedeten sich dann voneinander, auch wenn das Gespräch nur kurz gewesen war. Denisa glaubte Mia schon so gut zu kennen, um zu wissen, dass diese viel mit sich alleine ausmachte. Alles, was sie selbst tun konnte, war da zu sein, wenn Mia die Hand nach ihr ausstreckte.

# KAPITEL ACHT

Die Atmosphäre war in oranges Licht getaucht. Oder…
es war nicht wirklich orange, mehr der Schimmer von
warmem Licht, wenn es von entrindetem Holz zurück geworfen wurde. Mia kannte diesen Lichtschimmer von Sau-
nabesuchen, die sie gemacht hatte. Und wie sie sich nun
umsah, bemerkte sie, dass sie sich tatsächlich in einer Sauna
befand. Das schöne Holz, das den Raum auskleidete leuch-
tete geradezu in diesem angenehmen Farbton, und auf einmal wurde sie sich dessen gewahr, dass noch jemand mit ihr
dort war. Aber es war nicht Denisa, wie sie zuerst vermutete.
Ganz deutlich konnte sie plötzlich die Gegenwart ihrer Mutter spüren, ohne sie zu sehen. Mia wunderte sich kurz darüber, weil sie wusste, dass ihre Mutter niemals in eine Sauna
gehen würde. Im nächsten Moment befand sie sich inmitten
eines matschigen Feldes, auf welches es in Strömen regnete.
Der Boden war aufgeweicht und schlammig, und auf einmal
erkannte Mia um sich herum lauter Zucchinipflanzen mit
ihren gelben Blüten, die im Regen schlapp herunterhingen.
Rosis Gemüsepflanzen! Sie ertranken im endlosen Regen,
ohne dass Mia etwas tun konnte!
Ruckartig wurde Mia aus ihrem Traum gerissen, und sie
musste ein paarmal tief durchatmen, bevor sie richtig zu sich
gekommen war. In ihrem Zimmer war es dunkel und kalt,
so kalt, wie der reißende Regen in ihrem Traum. Die Decke
war von ihren Beinen gerutscht. Zittrig rappelte Mia sich
hoch und taumelte aus ihrem Zimmer zum Bad, denn sie
musste dringend zur Toilette. Im Badezimmer warf sie einen
Blick auf die Uhr: gerade mal kurz nach zwei. Was für ein
seltsamer Traum war das gewesen! So intensiv hatte sie schon
lange nicht mehr geträumt. Sie hatte sich geborgen gefühlt,
eingehüllt von dieser orangen Aura am Anfang. Aber dann

in dem kalten Regen, der alles kaputt machte… Da hatte sie sich verzweifelt gefühlt. Hilflos und verzweifelt, und leider war es dieses Gefühl, das ihr zurück geblieben war. Mia wollte so gerne zurück in die warme Geborgenheit der Sauna…

Mit kalten Füßen tappte sie über den Gang zurück zu ihrem Zimmer und kroch zurück unter die Bettdecke. Ein bisschen warm war sie zum Glück noch. Vielleicht konnte Mia es schaffen, zu dem schönen Teil des Traumes zurück zu kehren. Zurück in die Wärme.

Als die Sonnenstrahlen ihr Gesicht berührten, wurde Mia erneut geweckt. Tief und fest hatte sie noch geschlafen, ohne einen Traum, an den sie sich erinnern konnte. Auch von dem ersten Traum war nur noch die blasse Ahnung eines schrecklichen Gefühls geblieben, und wie die Sonnenstrahlen ihr Zimmer und ihren Geist nun mit Wärme und Leben erfüllten, da drängte sie diese böse Erinnerung rasch in den Hintergrund ihres Bewusstseins.

Auf dem Gang roch es wunderbar nach Kaffee. Im Esszimmer war der Frühstückstisch gedeckt, und Mias Eltern hatten ihr Mahl fast beendet. Als Rosi ihre Tochter erblickte, stand sie auf und nahm ihren Teller in die Hand.

„Setz dich hierher, Mia, ich bin fertig", sagte sie.

Mia machte eine abwehrende Geste. „Bitte bleib noch, Mama."

Doch diese schüttelte den Kopf.

„Ach, ich muss eh noch sauber machen", war ihre Antwort, und Mia beeilte sich zu entgegnen: „Mach dir bitte keine Mühe, sie ist da total unkompliziert."

Sie bemerkte wohl, wie Rosis Züge bei dem Wort ,sie' zusammenzuckten. Das war verständlich, schließlich hatte sie erwartet, dass Mia ihnen heute ihren Freund vorstellen würde. Bis jetzt hatte Mia es nicht geschafft, das klar zu stellen, aber sie spürte, dass es höchste Zeit war dafür. Auch ihr Vater hatte den Blick von seiner Zeitung gehoben, hinter der bis jetzt nur ein gebrummtes ,Guten Morgen' hervorgedrungen war. Mia spürte die Blicke ihrer Eltern auf sich und die Erwartung, die darin lag. Sie setzte sich an den Tisch, griff nach der Kaffeekanne und versuchte ihre Stimme so unverfänglich wie möglich klingen zu lassen als sie anfing:

„Ihr wollt doch wissen, bei wem ich gewohnt habe. Denisa hatte mich in das Haus ihrer Oma eingeladen vor Weihnachten."

Sie goss den Kaffee in ihre Tasse und stellte die Kanne dann zurück in die Mitte des Tisches. Ihre Eltern blickten sie beide unverändert an, daher fuhr sie fort: „Wir haben uns total zufällig kennengelernt, aber inzwischen ist sie eine gute Freundin geworden."

Rosi nickte dazu, und Mia konnte erkennen, dass sie sich bemühte zu lächeln.

„Dann freuen wir uns darauf, sie kennen zu lernen", sagte sie und ging mit ihrem Teller in Richtung Küche. Mias Vater hatte noch nichts gesagt. Stumm beobachtete er, wie seine Tochter eine Scheibe Brot aus dem Korb nahm und mit Marmelade bestrich.

„Du warst an Weihnachten bei dieser Denisa?", fragte er schließlich ohne Überleitung. „Habt ihr Weihnachten gefeiert?"

Mia war überrascht über seine Frage. Natürlich wusste sie, wie wichtig ihm dieses christliche Fest und die Messe am Heiligen Abend waren. Bestimmt zielte seine Frage auch darauf ab, nämlich ob sie einen Gottesdienst besucht hatte. Ihr war das klar, aber sie war nicht gewillt, darauf einzugehen. Deshalb nickte sie nur und antwortete: „Ja, wir haben zusammen gefeiert im Haus ihrer Oma."

Gerne hätte sie noch hinzugefügt, dass Denisas Oma sehr gläubig gewesen war, um ihn milde zu stimmen. Aber dann hätte sie auch erwähnen müssen, dass sie gerade erst gestorben war, und das kam ihr irgendwie taktlos vor ihrem Vater gegenüber. Das konnte sie nicht machen, nicht nach allem, was sie gestern in der Klinik erfahren hatte. Daher sagte sie nur knapp:

„Denisa bedeutet Weihnachten sehr viel."

Das war ja nicht gelogen. Denisa liebte Weihnachten, wenn auch aus anderen Gründen als Mias Vater. Der schien die Nachricht zufrieden aufzunehmen.

„Vielleicht kann sie dir ja die Vorzüge unseres Glaubens wieder näherbringen", sagte er und wandte sich wieder der Zeitung zu.

Mia erwiderte nichts. Es sah ihrem Vater ähnlich, das zu hoffen. Aber wenn er auf diese Weise ihrer Freundin gegenüber positiv eingestellt war, dann war es Mia nur recht.

Um halb eins würde sie Denisa an ihrer Pension abholen. Bis dahin hatte sie noch gut Zeit, um zu duschen und ihrer Mutter beim Aufräumen zu helfen. Rosi wollte mittags Lasagne machen. Ohne Fleisch, extra für ihre Tochter. Mia fand das sehr lieb von ihr.

Pünktlich stand Denisa vor der Pension. In der Hand hielt sie einen kleinen Blumenstrauß in blauen und violetten Tönen. Zur Begrüßung umarmte Mia sie innig, denn sie freute sich sehr darüber, ihre Freundin wieder zu sehen, zumal sie am Vortag nur hatten telefonieren können. Als Denisa Anstalten machte, hinten aufs Fahrrad zu steigen, hielt Mia sie fest.

„Hör' mal", fing sie an, „ich habe meinen Eltern noch nichts Näheres von uns erzählt."

Denisa sah sie einen Moment lang an, dann fragte sie: „Das heißt, sie denken, ich bin einfach nur eine Freundin?"

Mia nickte und versuchte ein Grinsen. „Eine gute Freundin, bei der ich Weihnachten verbracht habe und die sehr religiös ist", scherzte sie.

Zu ihrer Erleichterung ging Denisa darauf ein. „Na, dann…", erwiderte die ebenfalls grinsend und stieg auf das Rad.

Mias Mutter freute sich sehr über den Blumenstrauß, und sie fand auch eine passende Vase, in welcher sie ihn auf den Esstisch stellte, der bereits für das Mittagessen gedeckt war. Aus der Küche duftete es nach der Lasagne. Mias Vater begrüßte Denisa höflich. Für diesen Anlass hatte er sich sogar eine feine Hose und ein Hemd angezogen, wo er sonst daheim am liebsten in legeren Kleidern herum lief. Besonders jetzt, wo ihn fast jede Bewegung schmerzte.

„Ein schönes Haus haben Sie", begann Denisa das Gespräch, als sie alle am Esstisch Platz genommen hatten und Rosi die Lasagne verteilte. Damit hatte sie genau das richtige Einstiegsthema gefunden.

„Ja, wir haben alles selbst renoviert", fing Mias Vater an zu erzählen. Er berichtete über die einzelnen Arbeiten, die sie hier mit Unterstützung von Freunden im Laufe der Jahre erledigt hatten.

„Der Gartenzaun ist das Neuste", sagte er nicht ohne Stolz. Er vergaß beim Erzählen beinahe das Essen. Nicht nur Mia bemerkte das, auch Rosi warf einen sorgenvollen Blick auf seinen Teller. Seine nächste Redepause nutzte sie dann, um das Thema zu wechseln, indem sie sagte: „Das war schon viel Arbeit."

Rosi trank einen Schluck Saft und legte dann vertrauensvoll eine Hand auf Denisas Arm. Mia war überrascht, dass ihre Mutter so offen und zugeneigt war, aber Denisa schien etwas in ihr auszulösen. Rosi beugte sich zu ihrem Gast hinüber und fuhr fort:

„Aber das kennen Sie ja sicher. Mia hat erzählt, dass Sie auch ein Haus haben."

Denisa legte ihre Gabel beiseite und tupfte sich mit der Serviette den Mund ab.

„Ja, das Haus gehörte meiner Oma. Ich habe es von ihr geerbt."

Sie musste die fragenden Blicke ihrer Tischgenossen bemerkt haben, denn gleich fügte sie hinzu: „Sie ist im November gestorben."

Nun war es Mia, auf welche die überraschten Blicke gerichtet waren.

„Warum hast du uns das nicht gesagt?", sprach Rosi die Frage aller aus.

Mia nahm Denisas Hand und sah sie direkt an. „Ich wollte dich selbst entscheiden lassen, ob du es erzählen willst."

Ihre Freundin nickte nach einem kurzen Moment, und damit es nicht zu vertraut aussah zwischen den beiden jungen Frauen zog Mia ihre Hand zurück und fuhr an ihre Eltern gewandt fort: „Die letzten Wochen waren nicht einfach für Denisa."

Rosi nickte verständnisvoll, und zu Mias Überraschung beugte auch ihr Vater sich zu der Freundin hinüber und sagte in einer freundlichen Stimme: „Unser herzliches Beileid. So etwas braucht Zeit, um verkraftet zu werden." Mia war wirklich überrascht, denn mit solch offenen und anteilnehmenden Worten von ihm hatte sie nicht gerechnet. Und auch nicht, dass er diesem Thema so offen gegenüber stand, hatte sie doch eher befürchtet, er würde sich mit dem Tod nicht befassen wollen. Andererseits, dachte Mia jetzt, hatte er in der Klinik sehr gefasst reagiert.

Mia wusste nichts dazu zu sagen, und so überließ sie es Denisa davon zu erzählen, wie sie beide das Haus ihrer Oma ausgeräumt hatten, und wie sie zusammen zu der Urnenbeisetzung gegangen waren.

„Mia hat mir sehr dabei geholfen", hörte sie Denisa enden und war dankbar, dass ihre Freundin beim Erzählen alles ausgespart hatte, was auf ihre intime Beziehung hinweisen konnte. Ihre Eltern schienen sehr von ihr angetan zu sein, und das wollte Mia nicht zerstören.

Eine Weile noch redeten sie über Dieses und Jenes, bis Mias Vater das Besteck zusammenlegte und sich mühevoll aufrichtete.

„Bitte, entschuldigen Sie", sagte er zu Denisa, „ich muss mich ausruhen." Wieder hatte er kaum mehr als ein paar Gabeln voll gegessen. Seine Frau wollte aufstehen und ihm helfen, aber er bedeutete ihr sitzen zu bleiben.

„Es geht schon", sagte er leise zu ihr, und an ihren Gast gewandt fügte er hinzu: "Es tut mir leid, Sie jetzt verlassen zu müssen, aber mein Körper macht nicht mehr so mit wie früher."

Mia musste ihn überrascht angesehen haben angesichts dieser Ehrlichkeit, aber Denisa erhob sich ebenfalls und gab ihm höflich die Hand.

„Das macht doch nichts", antwortete sie mit einem freundlichen Lächeln.

Und als Rosi begann, das Geschirr zusammen zu räumen, stand sie wie selbstverständlich auf und half, die Teller und Gläser in die Küche zu tragen, wo Mia Wasser in das Spülbecken laufen ließ.

„Leg' du dich auch ein bisschen hin, wir räumen schon auf", sagte sie über die Schulter zu ihrer Mutter. Rosi sah müde aus. Wahrscheinlich hatte sie letzte Nacht auch nicht gut geschlafen, und womöglich war es ohnehin lange her, dass sie eine Nacht mal durchgeschlafen hatte. Rosi legte den Wischlappen beiseite, mit dem sie gerade noch den Herd hatte reinigen wollen. Ihr Lächeln wirkte dankbar, als sie erwiderte: „Das ist lieb von euch."

Sie gab ihrer Tochter einen Kuss auf die Wange. An Denisa gewandt sagte sie: „Wir sehen uns ja bestimmt noch."

Dann verließ sie die Küche, und Mia verfolgte ihre Schritte, als sie die Treppe hoch ging.

Nico flatterte in seinem Käfig auf und ab und erregte so Denisas Aufmerksamkeit. Die junge Frau beugte sich zu ihm hinunter und versuchte zu pfeifen. Es gelang ihr nicht so richtig, aber sie brachte den Vogel dazu, neugierig den Kopf zu drehen und zu lauschen. Dann zwitscherte er wieder drauflos, so als würde er auf die Pfeifversuche antworten, und Denisa lachte und versuchte ihn durch die Gitterstäbe hindurch am Hals zu kraulen. Das schien ihm jedoch unheimlich zu sein, denn er rückte von der Käfigwand weg und beäugte Denisas Fingerspitze, die durch die Gitterstäbe ragte. Ein paar Mal wippte er auf und ab, bis er seine Neugier nicht mehr bändigen konnte. Vorsichtig kam er wieder näher und begann mit dem Schnabel an der merkwürdigen Wurst zu knabbern. Mia wusste genau, wie sich das anfühlte: es war eine Mischung aus Kitzeln und Zwicken. Wenn man nicht aufpasste eher Letzteres.

„Vorsicht!", warnte sie deshalb ihre Freundin. „Der kann ganz schön zubeißen, wenn er will."

Denisa jedoch schüttelte den Kopf.

„Er ist ganz sanft", erwiderte sie und fügte mit einem Grinsen hinzu: „Er mag mich."

‚Wie meine Eltern', dachte Mia, während sie den ersten Teller spülte. Denisa richtete sich auf und griff nach dem Geschirrtuch, das über dem Stuhl neben Nico hing. Mia hatte nicht erwartet, dass ihre Eltern sich so gut mit ihrer Freundin verstehen würden, besonders ihr Vater. Er war beim Erzählen über das Haus regelrecht aufgeblüht.

„Meine Eltern mögen dich auch", sprach Mia ihre Gedanken schließlich aus. Denisa sah sie fast ebenso neugierig an, wie zuvor Nico dreingeblickt hatte.

„Ja, meinst du?", fragte sie. Mia reichte ihr den sauberen Teller zum Trocknen und fing mit dem nächsten an. Das heiße Wasser an ihren Händen tat ihr gut, denn in der Küche war das Fenster nach dem Kochen lange schräg gestanden, und es war jetzt in dem Raum ordentlich frisch.

„Mein Vater erzählt sonst nicht so viel", antwortete sie auf Denisas Frage. Sie ließ den Teller sinken und starrte einen Moment lang auf ihre schaumbedeckten Hände. Denisa stand direkt neben ihr und streckte sich, um den getrockneten Teller ins Regal über dem Spülbecken zu stellen. Sie war so nahe, dass Mia den Duft ihres Parfums riechen konnte. Ein leichter Duft von Vanille, der sie an Vanilleeis erinnerte.

„Ich wünschte, er würde mit mir so viel reden", flüsterte sie so leise, dass nur ihre Freundin es hören sollte. Die stockte in ihrer Bewegung, ließ ihre Hand dann sinken und sah Mia an. Ihr Ausdruck war fragend und besorgt zugleich, und Mia musste sich etwas dazu zwingen, sie anzusehen und weiter zu sprechen.

„Ich weiß auch nicht, warum es so schwer geworden ist für mich, mit ihm zu sprechen. Ich würde ihn gerne so viel fragen und wissen, was er denkt und wie es ihm geht. Aber ich weiß nicht, wie ich mit ihm sprechen soll."

Ihre Freundin ließ sie in Ruhe aussprechen, und in der kleinen Pause, die danach entstand, rührte sie sich nicht. Sie schien zu überlegen, dann legte sie Mia die Hand auf den Arm.

„Vielleicht fällt es dir leichter, wenn du ihm schreibst?", sagte sie dann zögerlich. Mia war verwirrt.

„Du meinst, ihm schreiben wie bei einer Brieffreundschaft?", fragte sie zweifelnd.

In Denisas Gesicht spiegelte sich ihr Nachdenken wider, die Geburt einer Idee.

„Weißt du noch, du hattest mir damals den Vorschlag gemacht, meiner Oma zu schreiben, damit sie mir nicht so fehlt", erklärte sie dann. „Vielleicht ist das auch eine Möglichkeit, deinem Vater mitzuteilen, was du denkst und was dich interessiert?" Sie schaute Mia forschend an. Als diese nicht sofort antwortete, fügte sie noch hinzu: „Immerhin kannst du so nicht unterbrochen werden. Und vielleicht antwortet er dir sogar."

Je länger Denisa darüber sprach, desto mehr verlor ihre Idee an Absurdität für Mia. Warum eigentlich nicht? Ihr Vater las gerne und viel. Vielleicht war das für ihn leichter als Zuhören. Und Denisa hatte Recht: es war eine Möglichkeit, einmal alles loszuwerden, was gesagt werden wollte, ohne unterbrochen zu werden. Mia griff nach dem Besteck im Spülbecken und wischte ein Teil nach dem anderen mit dem Schwamm sauber.

„Vielleicht mache ich das", antwortete sie endlich und reichte ihrer Freundin das saubere Besteck zum Trocknen. „Das ist eine gute Idee."

# Kapitel neun

Die kalte Luft stach in ihren Lungen, als Mia sie tief einsog. Der frühe Morgen hing in Nebelschwaden über den Feldern und tauchte alles in eine geheimnisvolle Stimmung. Die kahlen Äste der Bäume reckten sich in den Himmel. Manche waren knorrig und wirkten daher etwas unheimlich. Es war kein Mensch zu sehen, nur Vögel flogen über die Felder hinweg. Von den entfernten Häusern stiegen Rauchfäden aus den Schornsteinen auf, die durch den Nebel gerade noch so erkennbar waren.

Mia spürte jeden Muskel in ihren schweren Beinen ziehen, denn es war lange her, dass sie Joggen gegangen war. Aber als sie heute Morgen aufgewacht war, hatte sie auf einmal ein starkes Verlangen nach Bewegung gespürt. Und nach dieser kühlen, frischen Luft. Auch wenn sie schmerzte beim Atmen, es fühlte sich ein bisschen an wie eine Reinigung.

Wie viel Uhr es war, wusste Mia nicht genau. Sie war im ersten Morgenlicht aufgestanden, nachdem sie traumlos aber ruhig geschlafen hatte. Es war die beste Nacht gewesen seit sie wieder hier war. Von ihren Eltern hatte sie nichts gehört in der Nacht, und als sie das Haus verlassen hatte, war deren Zimmertür noch geschlossen gewesen. Mia wertete das als gutes Zeichen. Vielleicht hatten auch ihre Eltern endlich mal wieder eine gute Nacht gehabt, erst recht nachdem sie gestern länger aufgeblieben waren als sonst, denn nachmittags hatten sie noch mit Denisa Kaffee getrunken. Mias Vater hatte ihrem Gast sogar seine Bibliothek gezeigt, nachdem sie von den Büchern ihrer Oma erzählt hatte, die sie gerade las. Eigentlich war es ein richtig schönes Beisammensein gewesen, bei dem Denisa viel von sich und ihrer Oma erzählt hatte.

Mia hatte sich mit Reden zurück gehalten. Denisas Idee, Briefe an ihren Vater zu schreiben, hatte sie gestern Abend noch viel beschäftigt, nachdem sie ihre Freundin zur Pension zurück gebracht hatte. Und je mehr sie darüber nachgedacht hatte, desto klarer war in ihr der Entschluss gereift, die Gedanken und Fragen an ihren Vater aufs Papier bringen zu wollen. Gleich wenn sie vom Laufen wieder zurück sein würde, wollte sie loslegen.

In Mias Zimmer stand ein schöner Schreibtisch aus weiß lackiertem Holz. Er war groß, mit einigen Schubfächern unter der Tischplatte und stand dort, seit sie für ihren ersten Kindertisch zu groß geworden war. Einige Kratzer hatte er im Lack und den ein oder anderen Farbstrich, den die Schreibunterlage nicht abzuhalten vermocht hatte. Zeitweise hatte Mia dieses Stück Möbel hässlich gefunden mit seinen Schnörkeln am Rahmen. Ein Mädchentisch war das, und so altbacken, wie viele andere Stücke hier im Haus. Ihr Vater hatte ihn für seine Tochter gekauft, für das brave Mädchen, das sie immer hatte sein sollen.

Irgendwie fühlte es sich stimmig an, als Mia sich nun daran setzte. Lange hatte sie diesen Tisch nicht mehr benutzt, außer als Ablage für Schulbücher und sonstigen Kram. Jetzt war er aufgeräumt, eine leichte Staubschicht bedeckte ihn. Auf der Tischplatte stand rechts ein kleiner Globus und in der Mitte eine Schreibbox mit ein paar Stiften darin, unter anderen Mias Schulfüller. Sie war überrascht, dass die Tinte darin nicht eingetrocknet war. Es war ein guter Füller. Gute Qualität, so wie alles, was ihre Eltern ihr gekauft hatten. Mia zog eine der unteren Schubladen auf und fand darin sofort ein paar Blätter weißen Papiers. Ganz leer und weiß. Bereit für die Linien, die der Füller darauf ziehen würde. Mia überlegte, dann begann sie zu schreiben:

*Hallo Papa,*

Sie starrte eine Weile auf das weiße Papier. Wo sollte sie anfangen? Welchen Gedanken zuerst aufschreiben? Ehrlichkeit, absolute Ehrlichkeit, das hatte sie sich vorgenommen. Sonst machte das alles keinen Sinn. Vielleicht sollte sie damit gleich im ersten Satz beginnen?

*Ich weiß nicht recht, wie ich anfangen soll,*

schrieb sie deshalb in die zweite Zeile. Nie war sie eine große Briefeschreiberin gewesen, und sie hatte es immer gehasst, nach Weihnachten und Geburtstagen die obligatorischen Dankesbriefe an die ganze Verwandtschaft verfassen zu müssen. Natürlich war sie immer dankbar gewesen für jedes Geschenk, aber wie sollte man das in Worte fassen, damit es nicht wie eine hohle Floskel klang? Wie fasste man Gefühle in Worte?

Vielleicht sollte sie damit anfangen zu erklären, warum sie diesen Brief überhaupt schrieb:

*Mein Kopf ist so voller Dinge, die ich dir sagen möchte, aber ich weiß nicht wie.*

Klang das blöd? So, als ob sie nur ihre eigenen Gedanken loswerden wolle. Das stimmte ja gar nicht! Sie hatte so viele Fragen...

*Es gibt so vieles, was ich dich gerne fragen würde, aber ich weiß nicht wie.*

Minutenlang starrte Mia auf das Papier. Ihr Kopf war mit einem Mal so leer, sie konnte keinen hilfreichen Gedanken festhalten. Entmutigt warf sie den Füller auf den Tisch. So schwierig hatte sie sich das nicht vorgestellt. Das hatte doch alles keinen Sinn!

Sie stand auf und zog ihren Pullover über den Kopf, mit dem sie gerade noch Joggen gewesen war. Jetzt, wo die Hitze vom

Laufen langsam nachließ, begann sie in den feuchten Kleidern zu frieren. Deshalb zog sie sich bis auf den Slip aus, wickelte sich in ihr großes Duschhandtuch und ging über den Flur zum Badezimmer. Im Erdgeschoss konnte sie die Stimmen ihrer Eltern hören.

Es dauerte, bis das Wasser in der Dusche heiß gelaufen war, aber als es endlich eine angenehme Temperatur erreicht hatte, stellte Mia sich dankbar unter die Wasserbrause. Es tat ihr gut, die Wärme auf ihrer ausgekühlten Haut zu spüren, und sie ließ sich Zeit mit dem Duschen. Sie ließ sich Zeit, jeden Teil ihres Körpers mit Duschgel einzuseifen, das nach frischen Zitrusfrüchten duftete. Ihre Arme, den Oberkörper, ihren Po bis hinunter zu den Beinen, zwischen den Beinen…

Die Berührung ihrer eigenen Hand löste in Mia eine Welle von Erinnerungen und Empfindungen aus. Schöne Empfindungen voller Leidenschaft und Ekstase. Mia wusste genau, was Denisa gemeint hatte als sie gefragt hatte, ob Mia sie ihren Eltern vorstellen würde. Und ja, sie hatte den tiefen Wunsch, sich ihnen gegenüber zu outen und ihnen endlich zu sagen, warum sie nie ihren Freund mit nach Hause gebracht hatte bis jetzt. Bis jetzt… Denisa war ihre erste Partnerin, die sie ihren Eltern vorgestellt hatte, aber natürlich wussten sie nicht, wer diese Frau für Mia wirklich war. Sie hatten Denisa sehr nett behandelt, das musste Mia zweifellos feststellen. Ihr Vater insbesondere schien gleich einen guten Draht zu ihr gehabt zu haben. Weil er sie für religiös hielt? Weil sie so lieb und höflich war, oder weil sie ihre Oma verloren hatte? Vielleicht auch, weil sie ihm so interessiert zugehört hatte, als er vom Haus und anderen Dingen erzählt hatte? Vielleicht war es eine gute Idee, in dem Brief über Denisa zu schreiben als Einstieg.

Mia wusch sich die restliche Seife vom Körper, schaltete das Wasser ab und wickelte sich in das große Handtuch. Ihre kurzen Haare brauchte sie nicht zu föhnen, es genügte, sie abzutrocknen. In ihrem Zimmer zog sie sich einen warmen Jogginganzug an und setzte sich erneut an den Schreibtisch.

Ihr Magen knurrte, sie hatte Hunger auf ein leckeres Frühstück, aber zuerst wollte sie noch ihren letzten Gedanken in dem Brief festhalten, also nahm sie den Füller in die Hand und schrieb:

*Denisa hat mir vorgeschlagen, ich könnte dir doch aufschreiben, was ich denke, weil das vielleicht einfacher ist als Reden. Aber jetzt merke ich, dass das auch ganz schön schwer ist.*
*Ich finde es schön, dass du gestern so viel über unser Haus erzählt hast. Ich erinnere mich noch gut an die Renovierung. Damals konnten wir noch gut miteinander reden…*

Auf einmal hörte Mia die Türglocke im Erdgeschoss läuten und wie ihre Mutter zur Tür ging und öffnete. Aus dem Stimmengewirr konnte Mia nicht genau heraushören, wie viele Personen gekommen waren. Seltsam, ihre Eltern bekamen kaum Besuch, und schon gar nicht um diese Uhrzeit. Mia legte den Füller zur Seite, stand auf und trat auf den Flur. Von dem Gesprochenen konnte sie nicht viel verstehen. Es schienen eher Worte der Höflichkeit zu sein, die Menschen austauschen, welche sich noch nicht kennen.
„…Sie haben ein schönes Haus…" – „…oh, danke! Haben Sie gut hergefunden?…"
Die Stimmen bewegten sich weg vom Gang, in Richtung Wohnzimmer, vermutete Mia. Wenn sie wissen wollte, was los war, dann musste sie sich nach unten begeben. Und sie war neugierig, das konnte sie nicht leugnen. Sie holte einen Pullover und eine frische Jeans aus ihrem Schrank und zog sich fix um. Dann ging sie die Treppe hinunter zum Wohnzimmer, wo die Tür halb angelehnt war, und trat ein.
Auf dem Sofa mit Blick auf den Garten saßen zwei Frauen, die Mia noch nie gesehen hatte. Sie waren nicht förmlich gekleidet, eher locker in normalen Baumwollhosen und bunten Blusen. Eine von ihnen hatte eine Aktentasche dabei. Ihre Blicke waren offen und freundlich, als sie Mia erblickten. Mias Vater saß in einem Sessel gegenüber dem Sofa, und ihre

Mutter stand noch in der Nähe der Tür. Es schien als hatte sie gerade noch etwas holen wollen, und ihr Blick wirkte überrascht, jedoch erfreut bei Mias Anblick.

„Das ist unsere Tochter", stellte sie sie dann schließlich vor. Die beiden Damen erhoben sich sofort und warteten gar nicht darauf, ebenfalls vorgestellt zu werden, sondern reichten Mia die Hände und erledigten dies selbst. Frau Woge und Frau Helm hießen sie und waren von dem *SAPV-Team*, von welchem Dr. Peters in der Klinik gesprochen hatte. *SAPV* stand für *Spezialisierte ambulante Palliativversorgung*, wie Mia gleich aufgeklärt wurde. Es ging also um die medizinische Versorgung ihres Vaters zu Hause.

Als die beiden Frauen sich wieder gesetzt hatten, hörte Mia die Stimme ihrer Mutter neben sich: „Hilfst du mir, bitte?" Mia folgte ihr in die Küche, wo Gläser und eine Schale Kekse schon auf dem Küchentisch bereit standen. Nico begrüßte sie mit lautem Zwitschern, während Rosi Saft in eine große Karaffe umfüllte. Gemeinsam brachten sie alles ins Wohnzimmer, wo ihre Gäste sich freundlich bedankten. Mia fiel auf, dass ihr Vater gebeugt in dem Sessel saß. Hatte er Schmerzen? Er sprach nicht, die meiste Zeit blickte er nur wie unbeteiligt auf die Platte des Wohnzimmertisches. Es bedurfte keiner allzu großen Phantasie um zu erahnen, dass Rosi diesen Termin organisiert hatte, denn schon in der Klinik hatte sie das größere Interesse gezeigt. Frau Woge holte eine Broschüre aus der Aktentasche und begann über die Aufgaben und Möglichkeiten ihrer Organisation zu sprechen. Dabei stellte sich heraus, dass sie selbst Palliativschwester war, also eine Krankenschwester mit einer speziellen Zusatzausbildung zur Versorgung terminal kranker Menschen. Frau Dr. Helm war Ärztin.

Es fiel Mia schwer zu erraten, was ihr Vater von alledem hielt. Seine Miene veränderte sich nicht während der Darstellungen Frau Woges, erst als die Ärztin über die verschiedenen Möglichkeiten der Medikation sprach, schien er aufzuhorchen. Sobald sie eine Pause machte, räusperte er sich und sagte: „Ich möchte aber nicht mit Medikamenten vollgepumpt werden. Das habe ich Dr. Peters bereits gesagt."

Dr. Helm schüttelte darauf den Kopf.

„Natürlich nicht, Herr Küster. Wir prüfen zusammen, was bei Ihnen Sinn macht und was eine Erleichterung für Sie sein könnte."

Sie warf einen Blick auf Mias Mutter und fuhr fort: „Ihre Frau hatte am Telefon erzählt, dass Sie nachts häufig unter Atemnot und starken Schmerzen leiden?"

Mias Vater nickte auf diese Frage hin nur leicht.

„Sehen Sie", fügte die Ärztin hinzu, „für solche Probleme gibt es verschiedene Medikamentenkombinationen, die wir ausprobieren könnten, damit es Ihnen nachts bald deutlich besser geht."

Nach dieser Erklärung folgte eine kleine Pause. Mia bemerkte, dass ihre Mutter zu ihrem Mann hinüberschaute, als erwarte sie, dass er darauf etwas sagte. Mehr als ein Nicken kam jedoch nicht von ihm, woraufhin sie selbst sich den Gästen zuwandte.

„Dr. Peters hat gesagt, Sie bieten eine 24-Stunden-Bereitschaft an?"

Frau Woge nickte und deutete auf eine Telefonnummer, die in der Broschüre abgedruckt war.

„Unter dieser Nummer ist immer jemand erreichbar, und bei Bedarf kann auch jemand vorbeikommen", sagte sie.

„Allerdings", setzte Fr. Helm hinzu, „können wir nur bei medizinischen oder zum Teil zu pflegerischen Problemen beraten. Für weitere Beratung oder Seelsorge haben wir leider keine Kapazitäten. Aber wir können Ihnen gerne andere Dienste vermitteln."

Mias Mutter ließ sich bereitwillig Broschüren eines Hospizvereins, einer Pflegeberatungsstelle und der Gemeindeseelsorge aushändigen und erklären. Auch Mia besah sich die Broschüren und hörte aufmerksam zu. Nur ihr Vater saß fast regungslos in seinem Sessel und hörte wortlos mit an, wie alle hier seine letzte Lebensphase organisierten. Mia selbst spürte, wie sich ihr leerer Magen bei dem Gedanken zusammenkrampfte, und mit einem Mal kamen ihr die Stimmen um sie herum eigenartig dumpf vor.

„Nun, Herr Küster, wenn Sie sich entschieden haben, ob Sie unseren Dienst nutzen möchten, dann müssten wir noch ein paar formelle Dringe regeln", fuhr die Ärztin fort und holte ein Formular aus der Tasche. „Wir brauchen eine Verordnung von Ihrem Arzt und, wenn Sie haben, Arztberichte und Ihren Medikamentenplan."

Ihr fragender Blick war auf ihn gerichtet. Zunächst zeigte sein Gesicht keine Reaktion, und Fr. Woge hob an, noch etwas hinzuzufügen, als er sich langsam im Sessel nach vorne bewegte und mühsam erhob.

‚Wie ein alter Mann!', schoss es Mia durch den Kopf. Und dabei war er doch gerade mal 64!

„Einen Moment", sagte er nur, während er zum Wohnzimmerschrank an der Wand ging, in dem sich eine ganze Menge Ordner befanden. Kurz suchte er, griff dann nach einem von ihnen und hob ihn heraus. Auf dem Ordnerrücken stand nichts geschrieben, außer einem schlichten Datum: 11.01.2015. Der verhängnisvolle Tag, an dem sich sein Leben verändert hatte, und an dem die Diagnose *Bronchialkarzinom* alles ins Wanken gebracht hatte, was sein bisheriges Leben ausgemacht hatte. Über ein Jahr war das jetzt her…

Er legte den Ordner auf den Tisch vor die Damen und schlug ihn auf. Ganz vorne war eine Klarsichthülle eingeheftet, in der Mia die Verordnungen von Dr. Peters, sowie weitere Rezepte erkannte. Die oberste Verordnung musste die für das *SAPV-Team* sein, denn ihr Vater nahm sie heraus und reichte sie Frau Woge. Dann blätterte er ein paar Seiten in dem Ordner um und schob ihn so zurecht, dass Fr. Helm ihn gut betrachten konnte.

„Das sind alle Arztberichte, die wir seit der Diagnose bekommen haben", kommentierte er dazu, und Mia war überrascht, wie klar seine Stimme klang. Er ließ sich wieder in seinem Sessel nieder und musste verschnaufen, während die

Ärztin in den Unterlagen blätterte. Hier und da machte sie sich Notizen auf ihrem Formular, und sie ließ sich Zeit, genau alle Informationen herauszusuchen, die sie brauchte.

Die entstandene Stille fand Mia sehr unangenehm, aber sie wusste auch nicht, was sie sagen sollte. Als ihr Magen zum zweiten Mal unangenehm knurrte, stand sie auf und ging zur Tür.

„Ich gehe mal etwas frühstücken", sagte sie zu ihren Eltern. Frau Woge signalisierte ihr Wohlwollen, indem sie ihr freundlich zunickte.

In der Küche unterhielt sich Nico fröhlich mit seinem Spiegelbild. Bei Mias Anblick kam er zu der Käfigwand, und er wippte aufgeregt hin und her, als sie sich mit einer Schüssel Cornflakes neben ihn setzte. Seine Augen verfolgten neugierig, wie sie den Löffel immer wieder zum Mund führte, doch als sie vorsichtig das Käfigtürchen öffnete, wich er zurück. Das schien ihm unheimlich zu sein. Mia stellte ein Glas als Stütze unter das geöffnete Türchen, sodass es wie eine Art Ausgangsrampe für den Vogel aussah. Würde er es so wagen, die vier Wände seines Käfigs zu verlassen? Immerhin dauerte es nicht lange, bis er aus seiner Ecke erneut nach vorne in die Nähe der Türöffnung kam, und als Mia ihm einen mit Milch benetzten Cornflake hinhielt, schien zumindest sein Hals um ein paar Zentimeter länger zu werden. Aber er traute sich nicht, ihn aus der Türöffnung herauszustrecken, und schließlich hatte Mia Mitleid mit ihm, wie er sehnsüchtige Blicke auf den Leckerbissen warf, der so weit von ihm entfernt war. Sie hielt den Cornflake so nahe vor seinen Fuß, dass er danach greifen konnte und sich mit der ihm eigenen Freude darüber hermachte. Früher, als er noch nicht zu scheu gewesen war, um seinen Käfig zu verlassen, war es nicht selten vorgekommen, dass er sich an Mias Frühstücksschüssel selbst bedient hatte. Da war er noch jünger gewesen. Jung und frech.

Mia konnte leise die Stimmen der anderen im Wohnzimmer hören. Sie klangen, als würden kurze Fragen und Antworten gesprochen, womöglich um das Formular auszufüllen. Es überraschte Mia, dass ihre Eltern dieses Angebot des *SAPV-Teams* so bald annehmen wollten, ohne noch eine Weile darüber nachzudenken, wo ihr Vater in der Klinik doch noch Skepsis signalisiert hatte. Vielleicht waren die Zeiten auch vorbei, in denen über solche Dinge lange nachgedacht werden konnte. Dr. Peters hatte Recht: sie mussten sich vorbereiten auf die Zeit, in der es ihrem Vater schlechter gehen würde. Denn das würde passieren irgendwann, und Mia ahnte, dass ihnen bis dahin nicht mehr allzu viel Zeit blieb.

Um diesen letzten Gedanken und den Schmerz, den er auslöste nicht zu vertiefen, trank Mia die restliche Milch aus ihrer Schüssel mit einem Zug aus. Dann schloss sie das Käfigtürchen vorsichtig, um Nico nicht zu erschrecken. Der hatte seinen Happen bereits verspeist und putzte sich ausgiebig den rechten Flügel.

„Irgendwann musst du aber auch wieder fliegen damit", neckte Mia ihn, während sie ihre Schüssel kurz abspülte. Der Vogel ignorierte sie vollkommen und putzte sich unbeirrt weiter. Würde er es noch jemals wagen, den Käfig zu verlassen und zu fliegen? Noch deutlich erinnerte sich Mia an das Gefühl seiner Krallen auf ihrem Arm, wenn er dort gelandet war. Würde sie das noch einmal erleben dürfen, oder war das unwiederbringlich vorbei? Vorbei, so wie vieles anderes ebenso vorbei war? Und bald vorbei sein würde…

Sie ging die Treppe hoch in ihr Zimmer, um dort weiter zu machen, wo sie aufgehört hatte. Um Worte zu finden für ihre Fragen, Ängste und Gedanken.

Worte für ihren Vater.

# KAPITEL ZEHN

Denisa starrte auf den Bildschirm ihres Laptops, wie lange schon, wusste sie nicht genau. Das Bild vor ihr war leicht verschwommen, der Mann darauf knapp über fünfzig, seine dunkelbraunen Haare stellenweise ergraut. Die Arme hatte er um einen Golden Retriever gelegt, der zu ihm aufsah, und hinter ihm stand ein junger Mann, groß gewachsen und blond, eine Sonnenbrille in der Hand. Es wirkte wie das idyllische Bild einer glücklichen Familie, und das waren sie wahrscheinlich auch. Vater und Sohn. Eine glückliche Familie...

Warum war sie noch nie zuvor auf diese Idee gekommen? Sie kannte sich gut aus mit dem Internet und wusste, wie man dort Informationen beschaffte und nach Personen und Daten suchte. Warum also war sie bisher nie auf die Idee gekommen, nach ihm zu suchen?

Hier war es nun, das Bild des Mannes, der vor langer Zeit einmal ihr Vater gewesen war, der Mann, der sie gezeugt hatte. Es bestand kein Zweifel. Ihr Indianerhäuptling... Die dunkle Haarfarbe passte sogar zu einem Häuptling, stellte sie überrascht fest.

Denisa fühlte sich irritiert und verwirrt. Warum hatte sie das gemacht nach all den Jahren? Warum jetzt, wo ihr Leben ohnehin schon aus dem Gleichgewicht geraten war? Die Frage hallte in ihren Gedanken nach, doch im Grunde kannte sie die Antwort. Der Nachmittag bei Mia daheim und das Gespräch mit ihrem Vater hatten sie nachdenklich zurück gelassen. Bei allen Problemen, die sie hatten, waren Mia und ihre Eltern eine Familie, wie Denisa sie nie gehabt hatte. Aber warum berührte sie das gerade jetzt so? Sie hatte doch früher auch ihre Freundinnen besucht und deren Familien erlebt ohne solche Gefühle zu haben. Im nächsten Moment durchfuhr sie jedoch die Erkenntnis der Wahrheit: in diesen Familien waren alle gesund gewesen… Mias Vater, seine Krankheit und Omas Tod… das hatte ihr vor Augen geführt, wie schnell alles vorbei sein konnte. Und wie schnell es zu spät sein konnte. Das war es wohl.

Denisa richtete sich auf und streckte sich. Ein Blick auf die Uhr verriet ihr, dass es schon fast elf war. Das Frühstück hatte sie verpasst, und jetzt verspürte sie auf einmal ein starkes Hungergefühl. Sie könnte Mia anrufen um zu fragen, ob sie zusammen etwas essen wollten, aber irgendwie hatte Denisa keine Lust dazu. Sie musste jetzt Zeit alleine verbringen, das spürte sie. Alleine für sich mit ihren Gedanken und Gefühlen, und fern von ihrer Freundin und deren Problemen, für die sie gerade keine Energie übrig hatte. Auch wenn sie sich egoistisch vorkam, sie brauchte Abstand von dem, was sie gestern in Mias Familie erlebt hatte. Nicht, dass sie die Eltern nicht mochte! Im Gegenteil: sie war besonders von Mias Vater angenehm überrascht gewesen, weil sie ihn sich viel verschlossener und strenger vorgestellt hatte. Aber die Begegnung mit ihm hatte eben auch eine fremde Sehnsucht in ihr ausgelöst. Die Sehnsucht nach einem Vater, den sie nie gehabt hatte.

Nach einem kurzen Moment des Überlegens schrieb sie Mia eine SMS:

*Hallo Liebes, alles ok?*
*Ich brauche etwas Zeit für mich heute.*
*Bitte sei nicht böse.*
*Bussi*

Sie wartete nicht darauf, eine Antwort zu erhalten, sondern schaltete ihr Handy einfach aus. Dann zog sie ihre Stiefel, Mütze und ihren Mantel an, nahm ihre Handtasche und verließ ihr Zimmer.

Die Pension lag am Rand des Ortes, aber es war nur ein Weg von circa zehn Minuten zu Fuß bis die ersten Läden und Lokale kamen. Denisa spazierte vorbei an dem Italiener, in dem sie mit Mia gegessen hatte. Sie kam dann zu einer öffentlichen Gartenanlage, hinter der die Fußgängerzone schon zu sehen war. Im Frühjahr war dieser Garten sicher ein Meer aus Blumen, blühenden Bäumen und Sträuchern. Das vermutete Denisa zumindest, weil sich überall symmetrisch angelegte Beete befanden, deren braune Erde viel Platz für blühendes Leben bot.

Jetzt jedoch war nur der Rasen grün, wenn auch mit vereinzelten Schneehaufen bestückt. Wie auch im Park gegenüber der Pension fand Denisa einzelne Schneeglöckchen und Krokusse, die ihre Köpfe durch die Rasenfläche geschoben hatten. Es war ein sehr junges, frisches Erwachen des Frühlings, zart und zerbrechlich noch. Wenige Menschen gingen hier spazieren, darunter zwei junge Frauen, die einen Hund dabei hatten. Es war ein relativ großer Hund mit hellem, langem Fell, der ausgelassen um seine Begleiterinnen herumlief und immer wieder in die Luft sprang. Unweigerlich musste Denisa an den Hund denken, den ihr Vater auf dem Foto umarmt hatte. Er sah nicht mehr ganz so jung aus, wie dieser hier, der um die beiden Frauen herumsprang, aber er war zweifellos ein schönes Tier. Und innig geliebt, so sah es jedenfalls aus. Denisa konnte nicht anders, als sich das Leben dieser glücklichen Familie auszumalen wie sie gewesen sein musste, als der Sohn noch ein Kind gewesen war.

‚Er ist mein Halbbruder!', schoss ihr die Erkenntnis auf einmal durch den Kopf, und dieser Gedanke war absolut neu und ungewohnt für sie, da sie sich immer als Einzelkind empfunden hatte. Und jetzt hatte sie auf einmal einen Bruder! Denisa war sich sicher, dass der junge Mann auf dem Foto niemand anders sein konnte, denn die Ähnlichkeit mit ihrem Vater war groß. Ihr gemeinsamer Vater...

Denisa hatte das Ende des Gartens erreicht und blickte nun auf die Fußgängerzone, welche nicht sehr weitläufig war. Sie wurde gesäumt von kleinen Läden, und Denisa blieb immer wieder stehen, um sich die Auslagen in den Schaufenstern anzusehen. Sie schlenderte vorbei an Geschäften für Kleidung, Haushaltswaren, Bioprodukte und einem Gemüsestand. Bei Letzterem kaufte sie sich zwei Mandarinen, die sie sofort verspeiste. Sie sah wunderschöne Stoffe, Kleider, Teppiche, Schmuck und Antiquitäten. Alles in Allem was es ein herrlicher Mix an Eindrücken, und Denisa empfand es entspannend, sich einfach alles nur in Ruhe anzuschauen. Vor einer Bäckerei angekommen überlegte sie kurz, ob sie sich etwas zum Frühstück besorgen sollte, aber dann entschied sie sich weiter zu gehen, um irgendwo in einem schönen Café etwas zu essen. Einen heißen Tee konnte sie nämlich auch gut gebrauchen.

Gerade wollte sie in eine Seitengasse abbiegen, in der sie ein Café entdeckt zu haben meinte, als ihr Blick an einem Schaufenster ein paar Meter von ihr entfernt hängen blieb. Es war ein Anblick, den sie schon vermisst hatte, nämlich von einer Auswahl verschiedener Bücher in allen Größen. Vor der Tür des Buchladens befand sich ein Postkartenständer, und Denisa betrachtete zunächst die schönen, bunten Bilder auf den Karten. Sie suchte sich eine aus, auf der ein Sonnenuntergang abgebildet war, ehe sie das Geschäft betrat.

Das war innen geräumiger, als es von außen vermuten ließ, und die Wände zierten Holzregale, die bis unter die Decke reichten und prall mit Büchern gefüllt waren. Sich hier zurechtzufinden und etwas Bestimmtes zu suchen, war gar nicht so einfach. Und Denisa suchte etwas ganz Bestimmtes, deshalb war sie froh, dass eine Verkäuferin neben sie trat und fragte, ob sie helfen könne.

„Ich suche ein Buch über Violinen", antwortete Denisa.

Die Dame neben ihr nickte und führte sie zu einem Regal, über dem *Musik* geschrieben stand, und aus dem sie verschiedene Bücher herauszog. Da gab es eines über die Geschichte der Streichinstrumente und eines über die Kunst des Geigenbaus. Es gab Notenbücher und zwei Lehrbücher für den Violinenunterricht. Letztere kamen Denisas Vorstellungen schon sehr nahe, aber sie waren beide sehr teuer und umfangreich. Sie hatte gehofft, etwas Günstigeres zu bekommen, zumal sie sich noch gar nicht sicher war, wie sie das mit dem Geigenlernen anfangen sollte. Diese großen Bücher erschienen ihr zu professionell und erschlugen sie geradezu mit ihrer Wissensfülle.

Zuletzt reichte die Verkäuferin ihr ein mittelgroßes Buch mit dem Titel *Violine für Dummies*. Denisa musste unwillkürlich grinsen, denn das spiegelte genau wider, wie sie sich in Bezug auf das Instrument fühlte. Und ein paar Blicke in das Inhaltsverzeichnis und die ersten Seiten zeigten ihr, dass dies genau das Buch war, nach dem sie gesucht hatte. Es hielt sich knapp, richtete sich an absolute Einsteiger und erklärte jedes Detail klar verständlich. Denisa bekam richtig Lust, die Geige in die Hand zu nehmen, je mehr sie in dem Buch herumblätterte. Das würde sie in jedem Fall mitnehmen.

Sie bedankte sich bei der Verkäuferin, die anbot, das Buch und die Karte schon einmal mit zur Kasse zu nehmen, damit ihre Kundin sich noch in Ruhe umsehen könne. Das Angebot nahm Denisa gerne an, denn der Laden mit seinen vielen Regalen wirkte einladend, und obwohl ihr Hunger von den Mandarinen längst nicht gestillt war, wollte sie gerne noch stöbern. Ihre Augen überflogen Buchrücken von Romanen verschiedenster Genres und Autoren. Sie sah Gedichtbände und in einer Ecke eine Auswahl herrlicher Bildbände über fremde Länder. Aber irgendwie reizten diese Titel sie nicht im Moment. Sie hatte von ihrer Oma so viele Bücher dieser Art übernommen. Damit war sie sicher noch lange beschäftigt und ihr Durst nach Literatur erst einmal gestillt.

Nein, sie war auf der Suche nach etwas anderem, sie konnte nur noch nicht genau sagen, was es war. Deshalb bewegte sie sich ziellos zwischen den Regalen hindurch, nahm hier und da ein Buch heraus, blätterte es kurz durch, schob es wieder zurück an seinen Platz. So vergingen vielleicht zehn Minuten, bis sie an einem Regal angelangt war, neben dem an der Wand ein Bild hing, das ihr sofort ins Auge stach: vor einem blauen Hintergrund stellte es eine Engelsfigur dar, die mit ausgebreiteten Armen einen Schritt nach vorne machte. Vor ein paar Wochen hatte Mia ihr ein Bild von einem Engel gemalt, so wie sie sich diese Wesen vorstellte, und Denisa war verblüfft, welche Ähnlichkeit es mit der Darstellung hier an dieser Wand hatte. Als sie nun näher trat sah sie, dass es sich um ein Werbeplakat für ein Buch handelte mit dem schlichten Titel *Engel*, von welchem einige Exemplare gut sichtbar im angrenzenden Regal gestapelt waren. Neugierig nahm Denisa eines in die Hand und blätterte darin herum. Ihre Erwartungen wurden jedoch rasch enttäuscht, da es eigentlich nur Beschreibungen der aus der Bibel bekannten Engel, wie dem Erzengel Gabriel, und ihrer Symbolik enthielt. Sie hatte gedacht, von dem Buch würde ein Hauch von Magie ausgehen, etwas Geheimnisvolles oder Zauberhaftes, wenn sie es aufschlug. Aber das schöne Titelbild hielt leider nicht, was es ihr versprochen hatte. Sie klappte das Buch daher zu und legte es zurück auf den Stapel.

Daneben lagen noch weitere Bücher derselben Autorin über Engelkräfte, Elfen und ähnliche Themen. Denisa ließ ihren Blick auch über die benachbarten Buchreihen schweifen, über verschiedene Ausgaben der Bibel, über Esoterikliteratur und Beschreibungen alternativer Heilmethoden bis hin zu Einführungen in Tarot, Yoga, Tai-Chi und Meditation.

Ein kleines Buch erregte schließlich ihre Aufmerksamkeit, weil darauf eine Frau im Schneidersitz abgebildet war, die mit geschlossenen Augen aufrecht saß. Das Bild wirkte auf Denisa so ruhig, dass sie das Buch in die Hand nehmen musste, dessen Titel lautete: *Jeder kann meditieren*. Denisa wusste nicht warum, sie fühlte sich von ihm und dem Bild ungemein angezogen. Das war genau das, was sie jetzt brauchte: etwas, das ihr den Weg wies und ihr half ihre nächsten Schritte zu tun, ohne dabei eine zu große Herausforderung darzustellen.

Ohne lange in das Buch hineingesehen zu haben nahm sie es mit zur Kasse, wo sie es zusammen mit den anderen Dingen bezahlte. Eine Tüte brauchte sie nicht, denn ihr Vorhaben war es, im nächsten Lokal oder Café zu frühstücken und gleich mit dem Lesen anzufangen. Tatsächlich waren es nur ein paar Schritte bis zum nächsten Café, das sich an einer Straßenecke befand und gut besucht war. Weiter hinten fand Denisa aber noch einen kleinen freien Tisch, an dem sie sich dankbar niederließ. Das Café war relativ einfach eingerichtet, die Tische aus schlichtem Holz und die Stühle mit dunkelrotem Kunstleder überzogen. Kissen lagen in Körben zur freien Verfügung, und Denisa nahm sich eines, um sich daran anzulehnen. Es war gemütlich, und sie hatte gleich ein wohlig-warmes Gefühl, als sie es sich in der Ecke bequem machte und ihren Mantel über die Stuhllehne hängte. Als erstes bestellte sie eine Tasse heiße Schokolade und blätterte dann in der Speisekarte herum. Es gab eine ganze Seite mit Frühstücksvariationen, und Denisa bekam einen kaum zu bändigenden Appetit, als sie von Omelettes, Croissants, Butter und Marmelade las. Obwohl es schon fast dreizehn Uhr war, nahm die Bedienung noch gerne ihre Frühstücksbestellung entgegen.

Denisa hatte die Bücher vor sich auf den Tisch gelegt. Zuerst blätterte sie in dem Violinenbuch herum, sah sich die Bilder an und las an einzelnen Stellen den Text. Es war gut verständlich geschrieben und hatte im Buchdeckel sogar eine CD-ROM eingeheftet, auf der Videoanleitungen gespeichert waren. Gleich nachher, wenn sie zurück in der Pension war, wollte Denisa die an ihrem Laptop ausprobieren, aber jetzt gerade lag ihr Interesse klar bei dem zweiten Buch, das sie gekauft hatte. Der Einband glänzte wunderschön unberührt und makellos, als hätte es noch niemand in den Händen gehalten. Denisa hatte schon von Meditation gehört, denn eine ihrer Arbeitskolleginnen hatte immer mal wieder von Kursen erzählt, die sie gemacht hatte.

‚Um zu mir selbst zu finden, mache ich das‘, hatte sie Denisa einmal in der Mittagspause erzählt. Um Ruhe vom Alltag zu finden und einen Sinn in ihrem Leben. Damals hatten diese Worte in Denisas Ohren sehr abstrakt geklungen und wenig greifbar. Aber dieses Buch hatte sie ihr erneut ins Gedächtnis gerufen, und auf einmal machten sie Sinn. Zu-Sich-Selbst-Finden, das war es, was auch sie nun dringend brauchte. Sie brauchte etwas Neues, was für sie Heimat sein konnte, jetzt, wo sie ihre Oma und mit ihr ihre alte Heimat verloren hatte. Konnte man Heimat in sich selbst finden?

Denisa öffnete das Buch und las die erste Überschrift, die lautete: *Achtsam leben*. Darin war beschrieben, dass Achtsamkeit und das achtsame Erleben von allem, was einem widerfuhr, die Basis für ein erfülltes Leben sei. Es sollte darum gehen, jede alltägliche Handlung, wie etwa das Zähneputzen oder das Gehen, sowie alle Sinneseindrücke ganz bewusst zu erleben mit allen Facetten. Dabei war es nicht wichtig, Dinge als angenehm oder unangenehm, gut oder schlecht einzustufen, sondern einfach nur zu spüren. Diese Idee fand Denisa sehr interessant, denn wenn sie nun darüber nachdachte, machte sie viele Dinge, während sie gleichzeitig mit ihren Gedanken ganz woanders war. Das schien ihr ganz automatisch zu passieren.

Gerade als Denisa die nächste Seite aufschlagen wollte, kam die Bedienung und brachte ihr Frühstück: ein Omelette und ein Croissant mit Butter und Marmelade. Darauf hatte sich Denisa jetzt wirklich gefreut, beherzt schob sie sich ein Stück Omelette in den Mund und war begeistert, wie lecker es schmeckte. Bildete sie sich das nur ein, oder schmeckte es wirklich intensiver als alle anderen Omelettes, die sie je gegessen hatte? Die Eier waren genau zur richtigen Konsistenz verarbeitet worden, sodass sie förmlich auf der Zunge zergingen. Die Tomatenstückchen darin machten das Ganze herrlich saftig, und Denisa schmeckte das Basilikum angenehm heraus. Für einen kurzen Moment schloss sie die Augen und versuchte, sich voll und ganz auf diesen Geschmack zu konzentrieren, ohne irgendwelche Gedanken zu haben dabei. Aber gerade das war wirklich schwer. Immer wieder stiegen in ihr Bilder und Gedankenfetzen hoch, die nichts mit dem Essen zu tun hatten. Das Foto ihres Vaters, Mias

Vater beim Erzählen, Mia und der Ausflug zum Wald, Mias Trauer, Denisas Oma, ihr ausgeräumtes Haus...

Die Gedanken sprangen unwillkürlich von einem Thema zum nächsten, und ganz bewusst musste Denisa sich immer wieder anstrengen, um das Essen überhaupt wahrzunehmen. Mann, das war echt schwer! Entmutigt legte sie ihre Gabel beiseite und starrte eine Weile auf das Buch. Klar, darin stand, dass man auch für die Achtsamkeit Übung brauchte. Vielleicht konnte man es ja wirklich lernen, seine Umgebung besser wahrzunehmen? Und erneut spürte Denisa Mut und Neugier in sich aufsteigen. Sie schlug das Buch abermals auf und las weiter.

# KAPITEL ELF

*Hallo Papa,*
*ich weiß nicht recht, wie ich anfangen soll. Mein Kopf ist so*
*voller Dinge, die ich dir sagen möchte, aber ich weiß nicht wie. Es*
*gibt so vieles, was ich dich gerne fragen würde, aber ich weiß nicht*
*wie. Denisa hat mir vorgeschlagen, ich könnte dir doch aufschreiben,*
*was ich denke, weil das vielleicht einfacher ist als Reden. Aber jetzt*
*merke ich, dass das auch ganz schön schwer ist. Ich finde es schön,*
*dass du gestern so viel über unser Haus erzählt hast. Ich erinnere*
*mich noch gut an die Renovierung. Damals konnten wir noch gut*
*miteinander reden... Was ist seitdem passiert? Ich weiß, dass ich*
*nicht die Tochter bin, die du dir wünschst, und das tut mir leid.*
*Aber ich würde so gerne wieder mit dir reden können.*
*Mia*

Mia starrte auf das beschriebene Blatt, das vor ihr auf dem
Schreibtisch lag. Das war er also, der erste Brief an ihren Vater. Sehr unbeholfen kam er ihr vor, aber sie wusste nicht, wie
sie ihn sonst schreiben sollte, wie sie sonst anfangen sollte,
ehrlich zu ihm zu sein.
Sie faltete das Blatt zweimal und steckte es in einen weißen
Briefumschlag, auf den sie vorne einfach nur *Papa* schrieb.
Als sie das Kuvert verschlossen hatte, hielt sie es eine Weile
in ihren Händen. Was sollte sie jetzt damit machen? Ihrem
Vater einfach so geben? Aber was sollte sie dazu sagen? Mia
spürte, dass sie sich das nicht traute. Oder trauen war vielleicht das falsche Wort. Sie hatte Angst davor, direkt auf ihn
zuzugehen, ihm den Brief zu geben und ihn womöglich zu
einer Reaktion zu nötigen, die ihm unangenehm war. Nein,
es musste unscheinbar vonstattengehen, ohne Überrump-
lung. Wie bei einer Brieffreundschaft, bei der jeder selbst

entscheiden konnte, wann er sich auf einen Brief einließ und wann er reagieren wollte.

Mia wusste, dass ihr Vater sich nach dem Mittagessen hingelegt hatte, denn der Termin heute Vormittag mit den beiden Frauen des *SAPV-Teams* hatte ihn sehr angestrengt. Jetzt würde er also mindestens noch eine Stunde schlafen, wenn nicht zwei, und nachmittags verbrachte er die Zeit meistens mit seinen Büchern. Auf einmal kam Mia eine Idee. Sie stand auf, verließ ihr Zimmer und ging über den Gang zur Bibliothek. Die Tür war angelehnt, aber es war niemand darin. Rosi hatte nur das kleine Fenster zum Lüften schräg gestellt. Auf dem Tischchen neben dem Sessel lagen wie immer einige Bücher, ganz obenauf ein Roman von Max Frisch. Ein Lesezeichen lag darin, offenbar las Mias Vater zurzeit in diesem Buch. Kurzerhand schlug Mia es auf und legte ihren Brief auf das Lesezeichen zwischen die Seiten. Nach einem Moment des Innehaltens klappte sie das Buch zu und legte es wieder zurück auf den Tisch, ganz so, wie sie es vorgefunden hatte. Dann verließ sie leise, ganz so, als hätte sie Angst ertappt zu werden, die Bibliothek und kehrte in ihr Zimmer zurück. Erst als sie ihre Tür hinter sich geschlossen hatte bemerkte sie, wie wild ihr Herz schlug. Sie hatte es wirklich getan! Mia fühlte sich, als hätte sie gerade eine wichtige Prüfung geschrieben und zur Korrektur abgegeben. Nun konnte sie nur noch abwarten, was passierte.

Sie ging zum Nachtkasten, auf dem ihr Handy lag, denn sie wollte ihrer Freundin gerne alles erzählen. Alles über den Brief und ihre Gefühle. Immerhin war es Denisa gewesen, die sie dazu gebracht hatte, ihn überhaupt zu schreiben. Aber als sie die Nachricht auf ihrem Handy gelesen hatte, die ihre Freundin vor zwei Stunden geschickt hatte, ließ sie sich enttäuscht aufs Bett sinken. Denisa wollte den Tag alleine verbringen, aber warum? Die Nachricht, die Mia ihr daraufhin schickte kam gar nicht an, wie an der Anzeige abzulesen war. Denisa musste ihr Handy also ausgeschaltet haben. Mia ließ sich auf dem Bett nach hinten fallen und schloss einen Moment lang die Augen. Erschöpft fühlte sie sich irgendwie, aber gleichzeitig voller Spannung. Eine Spannung, die sie gerne mit Denisa geteilt hätte.

Die Sonne stand schon wieder tief und ließ die Bäume draußen golden schimmern, was auf Mia eine starke Anziehungskraft ausübte. Sie wollte lieber nicht im Haus sein, wenn ihr Vater aufstand und sich in die Bibliothek begab, also beschloss sie, einen Spaziergang in den Ort zu machen. Rosi war in der Küche, und gerade ließ sie Wasser in ihre kleine rote Lieblingsgießkanne laufen als Mia eintrat. Ihre Haare waren nicht mehr ganz so ordentlich hochgesteckt wie sonst. Offenbar hatte auch sie gerade noch geschlafen oder zumindest gelegen. Sie lächelte ihre Tochter an. Auf dem Tisch stand die Schale mit den Keksen, die sie am Vormittag ihren Gästen angeboten hatten. Mia nahm einen und biss hinein.

„Sie haben fast nichts davon gegessen", sagte ihre Mutter und drehte das Wasser ab. „Aber nett waren sie beide, oder?" Rosi sah Mia fragend an, so als suche sie nach einer Bestätigung für ihre Einschätzung. Mia nickte, während sie kaute.

„Kommen die jetzt öfter?", erkundigte sie sich, nachdem sie hinunter geschluckt hatte.

„Frau Woge wird wohl regelmäßig vorbeikommen, um mitzubekommen, wie sich alles entwickelt", antwortete ihre Mutter.

Mia war verwundert, dass ihr Vater dem offensichtlich zugestimmt hatte, aber sie versuchte behutsam zu sein, als sie ihre Bedenken aussprach.

„Er muss lernen, Hilfe anzunehmen", erwiderte ihre Mutter. Ihr Blick ruhte auf der Gießkanne, und sie sprach so leise weiter, dass Mia es kaum verstand: „Und ich auch."

Dann hob sie den Kopf, blickte ihre Tochter an und wechselte unvermittelt das Thema.

„Hey, morgen früh muss ich einkaufen fahren. Wir brauchen einiges. Kannst du mir dabei helfen?", fragte sie ganz so, als wolle sie ihrer eben gemachten Feststellung gleich Taten folgen lassen. Darüber freute sich Mia, und sie verabredeten, dass sie schon um neun Uhr aufbrechen wollten am nächsten Tag, um rechtzeitig mittags wieder zurück zu sein. Nachdem sie einen Schluck Wasser getrunken hatte, verabschiedete Mia sich mit: „Ich bin ein bisschen draußen unterwegs." Obwohl die Sonne blass schien, war die Luft draußen kalt auf ihrer Haut. Ihr Fahrrad lehnte am Gartenzaun, wo Mia es gestern Abend hatte stehen lassen, nachdem sie Denisa zur Pension gebracht und keine Lust mehr gehabt hatte, es in die Garage zu stellen. Spontan beschloss sie, anstatt spazieren zu gehen, sich auf ihr Rad zu schwingen und draufloszufahren. Einfach drauflos fahren und sich treiben lassen. Wobei... eigentlich wusste sie genau, wohin es sie zog. So lange war sie nicht mehr dort gewesen.

Sie beschleunigte rasch und fuhr durch die Straßen ihrer Wohngegend hindurch bis zur Hauptverkehrsstraße. Dort bog sie ab auf den Radweg. Die Bäume am Straßenrand waren kahl und wirkten auf Mia in dieser noch winterlichen Stimmung fast etwas melancholisch. Je weiter sie radelte, desto weniger wurden die Häuser entlang der Straße, bis sie schließlich rechts von einer hohen steinernen Mauer abgelöst wurden. Hier verlangsamte Mia ihr Fahrtempo und ließ sich bis zu dem metallenen Tor in der Mitte der Mauer nur noch rollen. Dort angekommen sprang sie ab und lehnte das Fahrrad an die Mauer. Sie brauchte es nicht abzusperren, denn sie war sich sicher, dass hier niemand ein Fahrrad stehlen würde. Nicht hier.

Auch die Bäume hinter der Mauer waren kahl, und Mia richtete ihren Blick auf die blattlosen Kronen, nachdem sie durch das Tor gegangen war. Nur wenige grüne Nadelbäume gab es hier, doch wenn man genau hinsah, konnte man schon vereinzelt Knospen an den Zweigen der Laubbäume entdecken. Alles in der Natur schien sich nach dem Frühling zu sehnen.

Mia ging langsam entlang des gepflasterten Weges, der sich irgendwann immer mehr verzweigte und in kiesbedeckte Pfade überging, welche zwischen den Grabreihen hindurchführten. Viele der Gräber waren schlicht mit niedrigen Nadelgehölzen, Efeu oder Heidekraut geschmückt. Erst wenn es wärmer wurde begannen die Leute, Blumen zu pflanzen, um so auch hier den Frühling einkehren zu lassen. Aber es gab auch Grabstätten, die immer gleich aussahen und nur pflegeleichte Pflanzen zur Zierde trugen. Mia musste ein paar Wege hinter sich lassen, bis sie schließlich vor einem weißen Grabstein stand, in den mit silbern glänzenden, eingelassenen Ziffern die Daten eines Lebens verewigt worden waren. Eines viel zu kurzen Lebens…

Mia hatte nie verstanden, warum ausgerechnet ein solcher Stein ausgesucht worden war. Miriam hatte alles geliebt, was ausgefallen und unkonventionell war. Wahrscheinlich hätte sie über dieses schlichte und unschuldig wirkende Grab gelacht und gleich ein paar Änderungen vorgenommen. Ein Stein mit buntem Graffiti darauf, das hätte ihr ähnlich gesehen! Bei diesem Gedanken musste Mia schmunzeln, denn schon oft hatte sie sich vorgestellt, wie das aussehen würde inmitten dieser ordentlichen Grabreihen. Sie ging um das Grab herum hinter den Stein, hockte sich davor und begann mit den Fingern vorsichtig das Gras zur Seite zu heben. Es war eine kleine Stelle am Fuß des Steines, eine Stelle, die nur sie alleine kannte. Gut versteckt und von Erde und Gras bedeckt war sie für Unwissende nicht zu finden. Hier lag er, unscheinbar und unbeachtet seit jenem Tag, genau eine Woche nachdem Miriam beerdigt worden war: ein kleiner glitzernder Ring eingewickelt in ein Stück Plastikfolie. Mia sah ihn sofort hervor blitzen, als sie etwas Erde beiseitegeschoben hatte, und wie immer erfüllte dieser Anblick sie mit Erleichterung. Erleichterung darüber, dass er noch da war und dass ihn noch niemand gefunden hatte. Dieser Ring, dieses kleine Stück Metall war ihr Geheimnis, ihre Verbindung zu der verlorenen Freundin. Es war der Verlobungsring für Miriam…

‚Du weißt doch genau, was alle von uns erwarten:‘, hatte Miriam damals gesagt, ‚heiraten, Kinder kriegen und brave Ehefrauen sein.‘

Das war nur ein paar Wochen vor ihrem Tod gewesen, und Mia hatte den Kopf an die Brust ihrer Freundin gekuschelt und geflüstert: ‚Ich würde dich sofort heiraten.‘

Hatte Miriam gewusst, wie ernst sie das gemeint hatte? Jetzt, wo Mia den kleinen Ring, erdverschmutzt, dort liegen sah, war sie sich nicht so sicher. Miriam, zwei Jahre älter als sie selbst, schien nichts und niemanden ernst zu nehmen. Aber sie hatte Mia eine Seite des Lebens gezeigt, die ihr bis dahin absolut fremd gewesen war. Eine Welt voller Gefahren, voller verbotener Dinge und Geheimnisse. Die Bekanntschaft mit Miriam hatte Mia herauskatapultiert aus dem braven geordneten Leben, das sie bis dahin geführt hatte.

Das erste Mal hatten sie sich getroffen, da war Mia gerade fünfzehn geworden und hatte sich im Musikladen im Zentrum durch die ganzen Alben gehört, die sie sich nicht leisten konnte. Besonders hatten ihr damals die Lieder von *Aerosmith* gefallen. Immer wieder hatte sie die rauf und runter gehört im Laden, sodass der Besitzer ihr schon missbilligende Blicke zugeworfen hatte. Miriam hatte sie zunächst nur aus dem Augenwinkel wahrgenommen obwohl die mit ihren pink gefärbten Haaren mehr als auffällig gewesen war. Erst als sie das Geschäft verlassen hatte und schon ein paar Straßen weiter gegangen war, hatte sie irgendwann gemerkt, dass dieses unbekannte Mädchen ihr gefolgt war.

‚Hast du nicht etwas vergessen?‘, hatte die mit einem schelmischen Grinsen gefragt als sie Mia eingeholt hatte. Und ohne eine Antwort abzuwarten, hatte sie Mia eine Aerosmith-CD zugesteckt. Mia war sich sofort sicher gewesen, dass sie dafür nicht bezahlt hatte, aber Miriam hatte ihr keine Zeit für Fragen oder Protest gelassen, sondern sich nur lässig bei ihr untergehakt. ‚Diese miesen Kapitalisten glauben, ihnen gehört die Welt. Und wir müssen ihnen zeigen, dass es nicht so ist!‘, hatte sie gezischt, und es hatte wie eine Kampfparole geklungen in Mias Ohren. Es war genau das, was sie hatte hören wollen in einer Zeit, in der sie alles an ihren Eltern und in der Schule nervte. Und so war sie eingestiegen auf die Worte ihrer neuen Bekanntschaft, hatte sich fallenlassen in ihre Art zu denken, zu fühlen und zu handeln. Zusammen hatten sie aufbegehrt und ihren Hass auf alles Konventionelle frei ausgelebt. Besonders ihren Hass auf alles, was in ihren Augen kapitalistisch war. Das war dann der Beginn ihrer Laufbahn als Diebin gewesen, und Mia konnte nicht sagen, wie oft sie das schon bereut hatte…

Sie steckte den Ring zurück in die feuchte Erde und schob das Gras darüber. Eigentlich konnte sie nicht behaupten, dass sie Miriam wirklich gut gekannt hatte, zumindest nicht auf die Weise, wie ihre Klassenkameradinnen. Mit den meisten von denen war sie schon in den Kindergarten gegangen. Als Miriam in ihr Leben trat, war diese erst vor ein paar Wochen mit ihrer Mutter in diese Gegend gezogen. Ein Großstadtmädchen, das so gar nicht in diesen kleinen Ort passte. Vielleicht hatte ihre Mutter gehofft, die Distanz zur alten Heimat würde ihrer Tochter guttun. Vielleicht hatte sie auch gehofft, das Stehlen würde aufhören, das Kiffen und das Graffiti-Sprayen. Aber Miriam hatte in Mia schnell jemand gefunden, der so tickte wie sie. Eine, die angetrieben war von der gleichen aufbegehrenden Unruhe im Inneren. Und von der gleichen Sehnsucht nach einer Lust, die keiner hier verstand außer ihnen beiden.

Mia hatte sie so geliebt! Zum ersten Mal in ihrem Leben hatte sie einen Menschen gefunden, der die Lust in ihr beflügelte, und nach den ersten intimen Momenten mit dieser neuen Freundin war Mia einiges klar gewesen. Warum sie die Jungs in ihrer Klasse nicht interessierten, und warum sie sich auch nie darum geschert hatte, was diese von ihr hielten oder was die anderen Mädchen über ihre Rumschiebereien erzählten. Warum sie den Unterricht bei ihrer attraktiven Sportlehrerin so gerne mochte… Niemals hatte sie einen männlichen Körper so anziehend gefunden wie die wunderbaren runden

Kurven einer Frau, und ihre erste Freundin hatte ihr gezeigt, dass das sein durfte. Sie hatte Mia das Gefühl gegeben, genau richtig zu sein, wie sie war, so anders, wie sie war. Alleine dafür hatte Mia sie bedingungslos geliebt. Ja, Miriam war ihre erste Liebe gewesen.

Mia erhob sich und vergewisserte sich, dass ihr Versteck wieder gut verschlossen und unauffindbar war. Ein Windstoß fuhr durch ihre Jacke und ließ sie frösteln. Tief in ihre Gedanken versunken hatte sie gar nicht bemerkt, dass die Wärme vom Fahrradfahren aus ihrem Körper gewichen war. Sie schalt sich in Gedanken selbst, weil sie, geblendet vom schönen Sonnenschein, eine zu dünne Jacke angezogen hatte. Nun musste sie rasch irgendwohin, wo es warm war, aber nach Hause wollte sie nicht fahren. Sie sehnte sich danach, sich bei jemandem anzulehnen, der sie verstand. Sie sehnte sich nach Denisa.

Mia beschloss daher, zur Pension zu fahren, um zu schauen, wie es ihr ging. Wenn alles in Ordnung war, konnte sie sich immer noch wieder zurückziehen, aber vielleicht würde Denisa doch froh sein, sie zu sehen?

Die Strecke zur Pension führte durch das Zentrum ans andere Ende des Ortes. Mia brauchte eine gute Viertelstunde dafür, und war ganz schön außer Puste als sie ankam. Deshalb war sie auch nicht wenig enttäuscht darüber, von der Besitzerin der Pension zu erfahren, dass Denisa gar nicht im Haus war. Unschlüssig stand sie ein paar Minuten vor dem Gebäude und überlegte. Anrufen konnte sie ihre Freundin nicht, denn die hatte das Handy ausgeschaltet. Die redselige Pensionsdame hatte gesagt, Denisa wäre in Richtung Ortsmitte aufgebrochen und das schon vor über zwei Stunden. Und sie hatte nicht gefrühstückt. Das bedeutete, dass sie in eines der Lokale im Ort gegangen sein musste, und da sie nicht wusste, was sie sonst machen sollte, beschloss Mia, sie alle nach Denisa abzusuchen. Zumindest die Cafés, in denen man frühstücken konnte.

Mit dem Rad war der Ortskern schnell wieder erreicht. Drei Lokale durchsuchte sie ohne Erfolg, darunter auch *Ritas Café*, doch beim *Kaffeemaxe* hatte sie schließlich Erfolg. Es war halbleer und die Mittagszeit längst vorbei. Da saß Denisa an einem der hinteren kleinen Tische, vor sich einen leeren Teller und eine Tasse. In der Hand hielt sie ein Buch und war so vertieft darin, dass sie ihre Freundin zunächst gar nicht bemerkte. Erst als Mia sich ihr gegenüber an den Tisch setzte, hob sie überrascht den Kopf. Einen Moment lang sahen sie sich nur an, Denisas Gesichtsausdruck zeigte deutlich, dass sie mit Mias Erscheinen in keinster Weise gerechnet hatte.

„Soll ich dich lieber alleine lassen?", fragte Mia daher, ohne vorher ein Wort der Begrüßung gesagt zu haben. Denisa zögerte kurz. Es schien fast so, als brauche sie einen Moment, um in die Realität zurück zu finden. Dann schlug sie das Buch zu, legte es auf den Tisch und schüttelte den Kopf.

„Nein, bleib", erwiderte sie und fügte mit einem Lächeln hinzu: „Schön, dich zu sehen." Sie warf einen Blick in ihre Tasse und stellte wohl fest, dass sie leer war, denn sie meinte: „Ich glaube, ich bestelle mir noch etwas. Was nimmst du?"

Zwei Tassen Kakao gaben sie bei der Bedienung dann in Auftrag. Im Hintergrund lief leise Musik, irgendetwas Älteres. Cole Porter vielleicht. Denisa sah müde aus, und ihre Haare waren etwas unordentlich. Wahrscheinlich hatte sie draußen eine Mütze getragen. Das hätte Mia auch machen sollen, denn jetzt waren ihre Ohren ganz kalt. Sie freute sich auf das heiße Getränk.

Mia lehnte sich nach vorne und warf mit „Was liest du da?" einen Blick auf das Buch. Denisa hob es hoch, damit ihre Freundin den Titel besser lesen konnte und erklärte: „Es geht um Meditation."

Ein Kassenzettel lag als Lesezeichen darin, und ungefähr ein Drittel war bereits gelesen. Mia nahm es in die Hand und betrachtete das Coverbild.

„Ist es gut?", fragte sie und bemerkte, wie ihre Freundin zögerte mit ihrer Antwort.

„Es ist sehr interessant", erwiderte die schließlich nachdenklich, „aber irgendwie kommt mir Meditation sehr schwer vor."

Sie machte eine Pause und fuhr dann fort: „Also, sie schreibt immer wieder, dass man regelmäßig üben muss, am besten täglich. Das finde ich nicht sehr ermutigend."

Ihre Stimme klang enttäuscht, so als hätte sie sich etwas anderes erhofft. Mia blätterte ziellos in dem Buch herum, dann legte sie es zurück auf den Tisch, weil die Kellnerin die heiße Schokolade brachte. Es duftete wunderbar verführerisch. Der erste Schluck war der beste.

„Ach, die kochen auch nur mit Wasser", sagte Mia dann, als sie die Tasse absetzte und war im nächsten Moment überrascht, aus ihrem eigenen Mund einen solchen Standardspruch zu hören. Das amüsierte sie irgendwie. Auch Denisa warf ihr einen leicht belustigten Blick zu, und schließlich mussten sie beide lachen. Es tat so gut, ebenso wie das heiße Getränk, das sie genussvoll schlürften wie kleine Kinder. Die Musik im Hintergrund verstummte für einen Moment, um dann von ruhigen Klavierklängen abgelöst zu werden. Offenbar hatte jemand die CD getauscht. Kurz suchte Mia in ihrem Gedächtnis nach dem Namen des bekannten Stücks, jedoch ohne Erfolg.

„Im Ernst, so schwer kann das ja nicht sein", sinnierte sie dann mit einem Blick auf das Buch. „Wir können es ja mal ausprobieren."

Ehe Denisa darauf reagieren konnte, hatte Mia das Buch hochgehoben, um zu sehen, was darunter lag. Es war eine Sehnsuchtspostkarte mit einem kitschigen Sonnenuntergang. Warum kaufte Denisa so etwas?

„Warum wolltest du alleine sein?", wechselte Mia unvermittelt das Thema.

Denisa warf ihr erst einen kurzen Blick zu und versteckte dann ihr Gesicht hinter der Kakaotasse, die sie mit beiden Händen hielt, die Ellenbogen auf den Tisch gestützt.

„Ich habe heute meinen Vater gesehen", flüsterte sie endlich.

Mia glaubte erst, sich verhört zu haben, doch die Freundin ergänzte ihre Aussage sofort: „Also, ich habe ihn nicht persönlich getroffen, sondern bei *Facebook* gefunden."

Auch damit hatte Mia überhaupt nicht gerechnet. Bis jetzt hatte sie Denisa erst ein Mal über ihren Vater sprechen hören, und das war nicht viel mehr gewesen, als dass sie keinen Kontakt mehr zu ihm hatte seit ihrer frühen Kindheit. Warum suchte sie ihn jetzt? Mia wusste nicht, was sie erwidern sollte, deshalb wartete sie, bis Denisa weitersprach. Die schien ebenfalls unschlüssig zu sein, wie sie weitermachen sollte, und schließlich schüttelte sie ihren Kopf und setzte sich in ihrem Stuhl zurück.

„Ich weiß nicht, das verwirrt mich alles sehr", gestand sie. „Ich weiß auch nicht, was mich dazu getrieben hat."

„Wie sieht er denn aus?", erkundigte sich Mia, da ihr nichts Besseres einfiel, und sie musste zugeben, dass sie auch neugierig war. Denisa sah überrascht auf, und es war offensichtlich, dass sie mit dieser Frage nicht gerechnet hatte. Ihre Antwort ließ auf sich warten. Beiläufig registrierte Mia auf dem dritten Stuhl am Tisch ein weiteres Buch. Es war etwas größer als das andere, mit einer Violine auf dem Cover. Unweigerlich musste Mia an die Geige von Denisas Opa denken.

Zuerst schien es so, als wolle Denisa in ihrem Schweigen verharren, als wäre sie komplett in ihre Gedankenwelt abgetaucht, doch nun sah sie auf und antwortete:

„Gut sieht er aus. Die Ähnlichkeit mit seinem Aussehen auf den Fotos von früher ist Wahnsinn. Ich hätte nicht gedacht, dass ich ihn so leicht wiedererkenne."

Das musste wirklich unheimlich sein, dachte Mia, wie wenn man einem Geist aus der Vergangenheit begegnete. Denisa hatte mal erzählt, dass sie kein aktuelles Foto ihres Vaters besaß. Alles, was sie von ihm wusste, war also nur in ihrer Erinnerung.

„Und was willst du jetzt machen? Willst du ihn treffen?", fragte Mia, doch gleich bereute sie, dass sie ihre Neugier nicht in Zaum hatte halten können. Denisa rutschte auf ihrem Stuhl nach vorne, dann wieder zurück. Sie leerte ihre Tasse und stellte sie auf den Tisch. Sichtlich unwohl und aufgewühlt fühlte sie sich, jedenfalls meinte Mia, das zu erkennen, und sie konnte nicht anders, als nach der Hand ihrer Freundin zu greifen.

„Hey, was ist denn los?", fragte sie leise. Denisas Hand war feucht. Kurz ließ sie sich festhalten, dann zog sie sich zurück.

„Ach, ich weiß es einfach nicht", war alles, was sie vernehmen ließ. Wieso war sie heute so verkrampft und kompliziert?

Da es offensichtlich war, dass Denisa nicht weiter darüber sprechen wollte, griff Mia hinüber zu dem leeren Stuhl und nahm das Buch mit der Violine darauf in die Hand.

„Und was ist das hier?", wechselte sie das Thema. Denisas Blick folgte der Handbewegung.

„Ich dachte, ich probiere mal, etwas auf Opas Geige zu lernen."

Doch mit einer Geste, die Zweifel ausdrückte fuhr sie fort:

„Aber ich weiß nicht, ob ich das kann. Vielleicht ist das auch alles zu schwer für mich."

Eine Atmosphäre totaler Resignation umhüllte Denisa, und ohne dass sie es wollte, wurde Mia wütend. Sie hatte ihre Freundin gesucht, um sich bei ihr anzulehnen und Kraft zu schöpfen, und jetzt war die selber so down, dass sie gar keine Energie übrig hatte! Dagegen mussten sie dringend etwas tun. Mia stand auf und reichte Denisa die Hand.

„Ich glaube, ich weiß, was uns jetzt beide entspannen wird."

# KAPITEL ZWÖLF

Gott, war sie lange nicht mehr hier gewesen! Die alte Scheune am Waldrand roch stark nach moderndem Holz, und die Tür knarzte laut beim Öffnen. Ewig hatte niemand einen Fuß hierein gesetzt, das war offensichtlich. Mia hielt die Tür einen Spalt breit auf und ließ Denisa vorangehen, um dann die Scheune wieder gut zu verschließen. Es war ihr wichtig, kein Aufsehen zu erregen, falls doch ein Hundebesitzer oder sonstiger Spaziergänger vorbeikommen sollte. Im Inneren war es ziemlich dunkel, zumal es draußen auch schon wieder zu dämmern begann. Mia spürte, wie Denisa nach ihrer Hand tastete, und so führte sie die Freundin in eine Ecke der Scheune, wo noch immer Strohballen gestapelt waren, als wären sie unveränderbar in Stein gehauen. In dieser Ecke, in der sie mit Miriam so viele geheime Stunden verbracht hatte. Kurz blitzte in Mias Kopf der Gedanke auf, ob es nicht unfair war, Denisa hierher zu bringen, an diesen Ort, an dem die Erinnerung an ihre erste Liebe lebendig war. Doch gleich wischte sie diese Idee beiseite. Miriam war schließlich keine Konkurrenz für Denisa.

‚Was sie nicht weiß, macht sie nicht heiß.' Das war schon wieder so ein altbackener Spruch, und Mia wunderte sich wirklich über die Ergüsse ihres Gehirns...

Vorsichtig tastete sie in der dunklen Ecke herum. Tatsächlich! Da war es noch: Miriams Geheimversteck. Unentdeckt und unversehrt, auch nach all diesen Jahren. Nur zwei Mal nach dem Tod ihrer Jugendfreundin war Mia noch hier gewesen, denn danach hatte sie die Erinnerungen dieses Ortes nicht mehr ertragen können. Daher hatte sich nichts verändert seit damals, außer dass die Scheune noch verfallener war als vor sechs Jahren. Mia wusste gar nicht, wem sie überhaupt gehörte. Zu kümmern schien sich jedenfalls niemand darum.

Langsam schob sie ihre Hand in die enge Öffnung zwischen den zwei senkrechten Balken, die das Gewicht des Scheunendaches mit trugen. Nach etwa zwei Zentimetern machte die Öffnung einen Knick nach rechts in eine kleine Kammer, die sie mit den Fingerspitzen zu erreichen versuchte. Und wirklich! Da war es noch: ein kleines Plastiktütchen, das Mia nun vorsichtig herauszog. Die Jahre hatten den Kunststoff vergilbt, der Inhalt der Tüte war jedoch unversehrt, und als Mia sie nun öffnete, stieg ihr sofort der unvergessene süßliche Geruch in die Nase. Sie bemerkte, wie Denisa sich zu ihr hinüberbeugte.

„Ist das Marihuana?", rief die aus als sie einen Blick auf das Tütchen geworfen hatte.

Mia musste bei dem Entsetzen, das in ihrer Stimme mitschwang grinsen. Es war so offensichtlich, dass Denisa damit überhaupt keine Erfahrung hatte, obwohl sie die Ältere von ihnen beiden war. Wie ein unschuldiges Engelchen kam sie Mia manchmal vor, aber auch naiv. Hatte sie überhaupt schon einmal etwas Verbotenes getan? Während sie den Joint drehte, nahm Mia sich vor, ihre Freundin irgendwann einmal danach zu fragen.

Sie war verwundert darüber, wie leicht ihr das Drehen nach der langen Zeit von der Hand ging, aber vielleicht gehörte das zu den Dingen, die – einmal gelernt – einfach nicht mehr vergessen wurden. Die meisten Joints hatte Miriam für sie beide gedreht, das war klar. Mia hatte bisher noch nie ohne ihre Jugendfreundin gekifft. Immer war das Rauchen für sie untrennbar mit ihr verknüpft gewesen, weshalb Mia nach ihrem Tod keinen einzigen Joint mehr angerührt hatte. Sie hatte es versucht, zweimal, in der Hoffnung, es würde den Schmerz betäuben, aber alleine der Anblick der Scheune hatte ihn nur noch schlimmer gemacht.

Warum sie gerade jetzt darauf gekommen war, es mal wieder zu versuchen? Vielleicht weil Denisa gar so hilflos vor ihr gesessen hatte in dem Café und weil sie diejenige war, die gerade Trost brauchte, nicht Mia selbst. Es war so viel leichter für Mia, sich mit Denisas Problemen zu befassen als mit ihren eigenen. Im Grunde hatte ihr das schon im Dezember geholfen, als sie, von zu Hause ausgebrochen, Denisa kennengelernt hatte.

Mia setzte sich auf einen der Strohballen und zog ihre Begleiterin zu sich hinunter. Ein Schnalzen des Feuerzeugs und der Joint fing Feuer, brannte kurz auf und begann dann zu glimmen. Wie ein Katapult versetzten die Gerüche des entstehenden Rauches Mia zurück in die Vergangenheit, erst recht als sie einen tiefen Zug in ihre Lungen einsog. Die Wirkung setzte fast sofort ein, und Mia reichte Denisa den Joint gerade als ein Schwebezustand ihren ganzen Kopf erfüllte. Sie spürte ihr Herz, das wild zu klopfen begann, und sie ließ sich nach hinten auf die Strohballen fallen, tief durchatmend. Oh Mann! Das war ja fast wie nach ihrem allersten Zug! Ihr Körper zeigte deutlich, dass er die Droge nicht mehr gewöhnt war, schien sich dann jedoch zu erinnern. Der unangenehme Schwindel wich einer angenehmen Leichtigkeit in ihrem Kopf. Nach einem Moment öffnete sie die Augen. Denisa saß noch immer an der gleichen Stelle, den Joint hielt sie zwischen zwei Fingern, ihren Blick auf Mia gerichtet. Sie wirkte noch verwirrter als je zuvor.

„Zieh´ einfach", flüsterte Mia und beobachtete, wie die Frau neben ihr erst lange auf den glimmenden Stängel in ihrer Hand starrte, ihn dann langsam an ihre Lippen führte und zaghaft daran zog. Mia griff nach vorne, zog Denisa zu sich, sodass sie beide nebeneinander lagen und nahm ihr den Joint ab.

„Dir wird bisschen schwindelig jetzt. Lass es einfach geschehen", flüsterte sie und nahm selbst einen weiteren Zug. Sie hörte Denisa neben sich leise keuchen, deshalb rollte sie sich auf die Seite zu ihrer Freundin und legte ihr die Hand auf die Schulter. Denisa hatte einen unsicheren Blick auf sie gerichtet, eine Hand auf ihrer Brust.

„Keine Angst", flüsterte Mia ihr ins Ohr, „das geht gleich vorbei."

Und so lagen sie eine ganze Weile rauchend, ohne etwas zu hören als ihre eigenen ruhiger werdenden Atemzüge. Es wirkte seltsam vertraut. So oft hatte Mia am selben Fleck mit Miriam gelegen, und sie hatten sich beide ihrem Rausch hingegeben. Rauschzustände, viel stärker als dieser hier. Mia hatte damals teilweise jegliche Kontrolle über sich verloren und ihrer älteren Jugendfreundin alles anvertraut, was ihr durch den Kopf gegangen war. Sie hatte sich, endlos vertrauend, fallengelassen in Miriams Gegenwart und es niemals bereut. Gerne nur hätte sie diese intensive Nähe auch ohne Marihuana erlebt. Überhaupt hatte sie sich gewünscht, sie würden mehr zusammen machen, ohne dass die Droge mit im Spiel war. Aber Miriam hatte immer nur noch mehr geraucht. Vielleicht war ihr das irgendwie zum Verhängnis geworden?

„Woher kanntest du dieses Versteck?", hörte Mia irgendwann Denisas leise Stimme.

Sie zögerte kurz, denn sie wollte nicht von Miriam erzählen, nicht jetzt.

„Es ist mein Versteck", erwiderte sie deshalb schlicht.

Denisa sah sie an mit einem Blick, der eine Mischung aus Faszination und Abscheu in sich zu tragen schien.

„Hast du schon öfter geraucht?", fragte sie.

Kurz verspürte Mia einen Funken Lust, ihre Freundin gänzlich zu schockieren mit irgendeiner Geschichte, die nicht ganz der Wahrheit entsprach. Dieses zarte naive Wesen! Aber dann schoss ihr wieder durch den Kopf wie Denisa sie gehalten hatte in ihren eigenen traurigen Phasen, und wie verwirrt die Freundin im Moment ohnehin schon war. Also entschied sie sich für eine milde Antwort, indem sie die Realität etwas dämpfte:

„Ich habe früher ab und zu geraucht, aber das ist lange her."

Denisas Blick wirkte nach wie vor kritisch, also fügte Mia hinzu: „Da war nichts dabei, ehrlich."

Glaubte sie das wirklich? Miriam hatte es übertrieben mit den Joints, das wusste sie, und manchmal hatte sie sich sogar gefragt, ob das nicht mit Schuld an der tödlichen Gehirnhautentzündung gewesen war. Obwohl das wahrscheinlich Quatsch war, hatte sie das Gefühl nie verlassen, dass Miriams früher Tod die Strafe für irgendetwas war.

„Aber es ist eine starke Droge", warf Denisa jetzt ein.

Mia zuckte mit den Schultern. „Alkohol ist auch eine Droge. Da sterben viel mehr Menschen dran", gab sie zurück.

Ihre Freundin schien das auf sich wirken zu lassen, denn sie erwiderte nichts, und eine Weile lang lagen sie nur still beieinander. Durch einzelne Ritzen zwischen den Holzlatten, die die Wände der Scheune bildeten, fiel inzwischen nur noch ein kaum wahrnehmbarer Schimmer des Tageslichts. Kurz fragte sich Mia, ob die Lampe an ihrem Fahrrad funktionierte, damit sie noch sicher zurück zum Ort fahren konnten, aber dann war es ihr egal. Sie wollte noch hier bleiben, nicht zuletzt um zu warten, bis die Wirkung des Joints nachließ. Ihre Eltern sollten nicht mitbekommen, dass sie gekifft hatte, denn das würde nur unangenehme Erinnerungen wecken. Zu oft war das in der Vergangenheit Auslöser für Streit gewesen, genauso wie die Freundschaft zu Miriam. Mias Vater hatte den Kontakt seiner Tochter zu dem exzentrischen Mädchen von Anfang an missbilligt und schließlich verboten, sodass ihnen nur noch heimliche Treffen geblieben waren. Und das bis zu Miriams plötzlicher Erkrankung, von der sie nicht mehr genesen war. Hatten ihre Eltern wirklich nichts davon bemerkt? Auch nicht von Mias Trauer nach dem Tod der Freundin? Sie hatte sich das schon so oft gefragt...

„Ich habe heute meinem Vater geschrieben", flüsterte Mia in die Stille der Scheune, und ihre Worte kamen ihr selbst unwirklich vor. Denisa antwortete nicht, aber in dem verschwindenden Glanz des Abendlichtes meinte Mia sie lächeln zu sehen. Vielleicht war sie auch jetzt nicht in der Lage zu sprechen, wegen des Joints. Das war okay. Mia war es gerade nicht wichtig, eine Antwort zu bekommen. Sie hatte das einfach nur aussprechen wollen, womöglich damit sie es selbst richtig realisieren konnte.

Eine ganze Weile lagen die beiden Frauen nebeneinander, jede in ihren eigenen Rausch, in ihre Gedanken vertieft. Mia fragte sich, wie viel Uhr es war. Da es schon dunkel war, tippte sie auf ungefähr sechs. Jetzt hatte ihr Vater den Brief wahrscheinlich schon gefunden. Oder doch nicht? Was, wenn er gar nicht in die Bibliothek gegangen war? Oder wenn er ein anderes Buch genommen hatte als das oberste auf dem Tisch? Mia war sich nicht sicher, ob sie die Gewohnheiten ihres Vaters richtig einschätzte. Kannte sie ihn überhaupt noch gut genug? Jedenfalls besser als Denisa ihren Vater, schoss es Mia durch den Kopf. Das musste wirklich seltsam sein für ihre Freundin, nach so vielen Jahren ein Bild des Vaters zu sehen, den sie nie richtig kennen gelernt hatte!

Aber Mia wagte nicht, sie danach zu fragen, zu unsicher und deprimiert hatte Denisa vorhin gewirkt. Stattdessen fiel Mia jetzt auf einmal das Violinenbuch ein, das sie im Café auf dem Stuhl hatte liegen sehen. Und ohne lange nachzudenken durchbrach sie erneut die Stille:

„Wir könnten die Geige mal ausprobieren. Kann ja nicht so schwer sein." Denisa musste ein wenig gedöst haben, oder mit ihren Gedanken ganz weit weg gewesen sein, denn sie zuckte beim Klang von Mias Stimme zusammen. In der jetzigen Dunkelheit konnte Mia das Gesicht neben sich nicht mehr erkennen, aber sie konnte Denisas Atem auf ihrer Haut spüren als die leise fragte: „Meinst du?"

Umständlich und trotz des Schwindels in ihrem Kopf setzte Mia sich auf. Einen Moment wartete sie, um ihr Gleichgewicht zu finden, dann nahm sie ihre Freundin bei der Hand. „Komm", sagte sie nur und half Denisa hoch.

Glücklicherweise funktionierte die Fahrradlampe, denn es war so dunkel hier, nahe am Wald, dass man kaum zwei Meter weit sehen konnte ohne Licht. Eisige Kälte hatte sich über den Abend gelegt, und Mia fluchte innerlich erneut, weil sie keine Mütze und eine zu dünne Jacke dabei hatte.

Also versuchte sie, sich durch schnelles Treten in die Pedale dürftig aufzuwärmen. Denisa hinter ihr auf dem Gepäckträger umklammerte sie, und Mia tat diese Berührung richtig gut. Danach hatte sie sich gesehnt seit sie den Friedhof verlassen hatte. Eine wärmende Umarmung. Arme, die sie festhielten...

Etwa fünfzehn Minuten brauchten sie, bis sie den Ort wieder erreicht und durchfahren hatten und an der Pension angelangt waren. Mias Ohren, eigentlich ihr ganzer Kopf, waren durchgefroren. Auch die Bewegung hatte nur bedingt geholfen.

„Ist das kalt!", rief sie aus, als sie das Fahrrad an der Hauswand abgestellt hatte, und rieb sich die eisigen Finger. Denisa schien durch die frische Fahrtluft wieder munterer geworden zu sein.

„Du Arme!", meinte sie, denn sie war selbst viel dicker angezogen und fror daher nicht ganz so arg, aber sie beeilte sich, die Tür zur Pension zu öffnen. Nach kurzer Vergewisserung, dass die Luft rein war, schlüpften sie beide hindurch und gingen rasch die Treppe hinauf. Im Zimmer drehte Denisa den Heizkörper auf.

Neben dem Bett lag der Geigenkoffer am Boden, und vorsichtig nahm Mia ihn und legte ihn aufs Bett. Denisa beobachtete, wie sie ihn öffnete und das wunderschön glänzende Instrument auspackte. Ein eigentümlicher Duft stieg von dem Koffer auf. Mia hatte noch nie ein Streichinstrument in den Händen gehalten, und sie war überrascht, als sie die Violine hochnahm, über deren Leichtigkeit. Es war fast, als würde sie in den Fingern schweben. Denisa trat neben sie und strich über den hölzernen Rücken.

„Sie ist schön, gell?", ließ sie vernehmen, und da musste Mia ihr zustimmen. Das glänzende Holz und die geschwungenen Konturen wirkten perfekt. Mit dem Finger zupfte sie an einer der Saiten, nur ganz leicht. Der Klang unterstrich die schillernde Ästhetik des Instruments, auch wenn die Saiten sicher alle recht verstimmt waren, weil sie so lange keiner benutzt hatte. Aber dennoch hallte die Schwingung in dem Klangkörper wider wie ein geheimnisvolles Echo. Wie fing man an, ein solches Instrument zu lernen? Als hätte Denisa Mias Gedanken erraten, griff sie nach ihrer Handtasche, holte das Buch heraus, legte sich damit auf das Bett und begann zu blättern.

„Hier ist als erstes erklärt, wie man sie stimmen soll", teilte sie ihrer Freundin mit, die nun auch an den anderen Saiten zupfte. Die klangen wirklich schräg, das konnte sie sogar als Laie erkennen. In diesem Zustand konnte man bestimmt nichts darauf spielen, geschweige denn lernen.

„Du brauchst ein Stimmgerät", antwortete Mia, während sie die Geige zurück in den Kasten legte und zu Denisa aufs Bett kroch. In dem Buch waren verschiedene Methoden des Stimmens erläutert, aber für einen Laien war ein Stimmgerät wirklich am besten. Jetzt meinte Mia sich auf einmal zu erinnern, dass ihre Mutter mal so ein Ding besessen hatte. Früher hatte Rosi nämlich Gitarre gespielt, aber das war vor ihrer Geburt gewesen. Die Gitarre befand sich irgendwo im Keller, das wusste Mia mit Sicherheit. Vielleicht war da auch das Stimmgerät dabei? Denisa wirkte sehr interessiert, als Mia ihr diese Idee mitteilte.

„Ich schaue morgen mal im Keller nach", sagte Mia. „Oder du bringst die Geige einfach mit", spann sie den Gedanken weiter. Denisa stimmte ihr zu, jedoch wirkte sie zögerlich, als sie entgegnete:

„Meinst du, deinen Eltern ist das wirklich recht, wenn ich so oft komme? Sie haben ganz andere Sorgen, oder? Ich will euch nicht stören."

Mia gab ihrer Freundin einen Kuss auf den Mund und versicherte ihr: „Du störst nicht. Vielleicht ist es gut, wenn mein Vater meine Freundin gern hat. Dann mag er mich vielleicht auch irgendwann wieder."

Ihr war klar, wie theatralisch das klang und wie in diesem Satz ihre alten Verletzungen auflebten. Die Verletzungen eines Teenagers, der sich nach der Anerkennung des Vaters sehnte, egal wie anders sie war.

Nun war es Denisa, die mit Überzeugung sprach, indem sie sich halb aufrichtete und Mia fest ansah.

„Dein Vater liebt dich, da bin ich mir sicher", sprach sie aus, was Mias Vernunft ihr auch immer sagte. Aber wenn es stimmte, warum fiel es ihr dann so schwer, etwas davon zu spüren? Woran sollte sie erkennen, was ihr Vater empfand und dass sie für ihn nicht nur eine große Enttäuschung war? Denisas Worte klangen so einfach. Mia wollte sie so gerne glauben.

# KAPITEL DREIZEHN

Du warst gestern Abend spät zu Hause."
In Rosis Feststellung schwang eine zarte Neugier mit,
und Mia konnte nicht einschätzen, ob auch ein Vorwurf darin lag. Es war jetzt fast zehn Uhr, und sie hatte ein schlechtes
Gewissen, weil sie verschlafen hatte. Eigentlich war geplant
gewesen, längst beim Einkaufen zu sein. Mia schob sich daher rasch einen Keks in den Mund und stellte die Saftflasche
zurück in den Kühlschrank.

„Es tut mir leid, Mama", sagte sie, „ich war gestern Abend
noch bei Denisa, und wir haben einfach die Zeit vergessen."
Ein wenig fühlte sie sich wieder wie ein Teenager, als sie das
sagte. Ihre Mutter jedoch schien gar nicht sauer zu sein. Sie
bedachte ihre Tochter nur mit einem langen Blick, und es
klang nachdenklich als sie feststellte: „Sie ist wirklich eine
gute Freundin geworden für dich, oder?" Dazu konnte Mia
nur nicken.

Gemeinsam trugen Mutter und Tochter die Einkaufstaschen
und leeren Pfandflaschen zum Auto und luden alles in den
Kofferraum. Rosi schaute noch einmal kurz zu ihrem Mann
ins Wohnzimmer um Tschüs zu sagen, wohl aber auch um
zu schauen, ob er sicher alles hatte, was er in ihrer Abwesenheit brauchen könnte. Auch Mia hatte ihren Vater vorhin
kurz im Wohnzimmer begrüßt, nachdem sie ins Erdgeschoss
gekommen war, und er hatte ihren Gruß einfach erwidert,
ohne eine besondere Gefühlsregung zu zeigen. Unmöglich
war es abzuschätzen, ob er den Brief gefunden hatte. Kurz
dachte Mia daran, nachher in die Bibliothek zu schleichen
und nachzusehen, aber das könnte sie ohnehin erst nach dem
Mittagessen machen, wenn ihr Vater schlief.

Schweigend fuhren die beiden Frauen. Leichter Regen fiel
auf die Frontscheibe, sodass die Scheibenwischer sich immer

wieder auf und ab bewegten, wie ein monotoner Refrain. Mia konnte es nicht unterdrücken, hin und wieder zu gähnen, denn viel hatte sie nicht geschlafen, nachdem sie erst gegen ein Uhr nachts heimgekommen war. Zu viele Gedanken hatten sie beschäftigt, zu viele Ängste und Phantasien.

Als sie an einer großen Kreuzung auf Grün warteten, ergriff Rosi ganz unvermittelt das Wort: „War Denisa auch bei dir, als du an Heiligabend bei uns angerufen hast?"

Mia fühlte sich von der plötzlichen Frage total überrumpelt, so ohne Überleitung war ihre Mutter nun darauf gekommen. Sie hatten bis jetzt kein einziges Mal über das Telefonat an Heiligabend gesprochen, als Mia sich nach Wochen ihres Verschwindens das erste Mal bei ihren Eltern gemeldet hatte. Darüber nachgedacht hatte sie freilich schon oft. Nun setzte sie sich auf dem Beifahrersitz aufrechter hin und sah zu ihrer Mutter hinüber.

„Ja, sie hat neben mir gesessen", antwortete sie auf die Frage. Rosi blickte sie kurz an, dann wieder zurück auf die Fahrbahn, wo die Ampel gerade auf Grün umsprang. Sie schien nervös zu sein, denn sie biss sich auf die Unterlippe. Etwas zu ruckartig ließ sie den Wagen anfahren.

„Dann hat sie also alles mitbekommen", stellte sie schließlich fest.

Das war doch naheliegend, nachdem Mia bei Denisa gewohnt hatte! Und was war so schlimm daran, wenn sie mitbekam, dass die Familie Küster nicht perfekt war? Warum war der äußere Schein für Mias Eltern immer so wichtig? Wichtiger, als wie es ihnen wirklich ging. Und ihrer Tochter.

„Sie hat mir sehr geholfen, Mama. Ohne sie hätte ich es vielleicht nicht geschafft anzurufen."

Konnte ihre Mutter sich überhaupt vorstellen, wie schwer dieser eine Anruf für Mia gewesen war? Hatte Rosi eine Vorstellung davon wie diese letzten Monate für ihre Tochter gewesen waren? Mia überlegte, mit welchen Worten sie es schaffen konnte, das zu erklären. Doch sie kam gar nicht dazu, denn ihre Mutter sprach weiter:

„Es tut mir leid, dass ich da so kurz angebunden reagiert habe."

Und ganz leise fügte sie hinzu: „Dabei hatte ich mir so sehr gewünscht, etwas von dir zu hören."

Sie sah Mia direkt ins Gesicht. „Das musst du mir glauben, Mia! Ich habe mir solche Sorgen gemacht und mir so gewünscht, dass du heimkommst. Aber als ich plötzlich deine Stimme am Telefon gehört habe, da war ich total überrumpelt."

Ihre Hände umklammerten das Lenkrad, und es schien, als müsste sie sich daran festhalten, so aufgewühlt wirkte sie mit einem Mal. Auch jetzt kam Mia gar nicht dazu, etwas zu erwidern, weil Rosi gleich weitermachte. Es war fast so, als müsste sie die Worte ganz schnell loswerden, die sich lange in ihr aufgestaut hatten. Ihre Stimme bebte, während sie sprach.

„Nach dem Telefonat war ich sauer auf mich, weil ich dich nicht mehr gefragt habe. Wo du warst und wie es dir ergangen ist. Aber der Tag war für uns so schwierig gewesen. Deinem Vater war es richtig schlecht gegangen an Heiligabend, so schlecht, dass er nicht einmal in die Messe gehen konnte. Und ich habe mich alleine mit allen Problemen gefühlt!"

Sie stockte, und Mia bemerkte, wie schwer es ihrer Mutter fiel, ruhig zu atmen und sich auf den Verkehr zu konzentrieren. Kurz überlegte sie, ob es nicht besser wäre, kurz an den Straßenrand zu fahren und den Wagen zu parken, aber dann waren es nur noch ein paar Meter bis zum Supermarkt. Ihre Mutter fuhr auf dem Parkplatz nach hinten, wo einige Plätze frei waren und stellte das Auto ab. Ein paar Minuten saßen sie schweigend nebeneinander. Mia wusste nicht, was sie sagen sollte, so sehr hatte das Geständnis ihrer Mutter sie überrascht. Bis jetzt war ihr von dem Telefonat nur ihre eigene Angst und Enttäuschung in Erinnerung gewesen, und sie hatte sich keine Gedanken darüber gemacht, wie ihre Mutter dieses Gespräch empfunden hatte. Egozentrisch war sie gewesen. Wieder einmal.

„Warst du böse auf mich?", fragte Mia, und sie musste sich zwingen, ihre Mutter anzusehen. Die schien eine Weile zu überlegen, denn sie blickte unbewegt geradeaus durch die Frontscheibe des Autos, auf die der Regen nieselte. Die plötzliche Stille um sie herum, jetzt wo der Motor nicht mehr lief, verlieh der Frage noch mehr Nachdruck.

„Ja, vielleicht", antwortete Rosi zögerlich, „ich denke, ich war böse auf dich, weil du einfach, ohne etwas zu sagen, gegangen bist."

Sie strich sich über ihre Haare, dann sah sie ihre Tochter an.

„Aber wir haben alle unsere Fehler gemacht, oder?", schob sie seufzend hinterher.

Dann griff sie nach hinten, um ihre Handtasche vom Rücksitz zu nehmen. „Komm, lass uns reingehen."

Im Supermarkt war nicht viel los. Rosi kannte sich gut aus in dem Geschäft, und deshalb kamen sie schnell voran, auch wenn die Einkaufsliste lang war. Der Einkaufswagen füllte sich rasch und Mia fragte sich, ob sie ihrer Mutter überhaupt eine große Hilfe war. Aber nach und nach wurden sie zu einem eingespielten Team, wobei Rosi ihre Tochter gezielt losschickte, um einzelne Produkte zusammen zu suchen. Sie brauchten kaum eine halbe Stunde, ehe sie an der Kasse standen, den Vorratseinkauf bezahlten und einpackten. Bis obenhin gefüllt war das Auto, als sie schließlich alles verstaut hatten. Mia freute sich darauf, schnell wieder daheim zu sein, damit sie sich noch ein wenig hinlegen konnte bevor Denisa sie besuchte. Sie fühlte sich noch sehr geschlaucht von der kurzen Nacht.

Rosi jedoch hatte noch etwas anderes vor, denn sie sagte: „Ich möchte noch woanders hin", als sie beide die Autotüren geschlossen und sich angeschnallt hatten. Sie verriet zunächst aber nicht wohin. Erst als sie ein paarmal um die Ecke gebogen waren, erblickte Mia das Geschäft, das sie ansteuerten. Es war ein Sanitätshaus.

Im Schaufenster waren verschiedene Rollatoren, Duschhocker und orthopädische Kissen ausgestellt. Auf Mias fragenden Blick hin bot ihre Mutter keine Erklärung, sondern kramte in ihrer Handtasche und holte ein Blatt Papier hervor. Mia erkannte es: es war die Verordnung des Arztes für das Pflegebett.

Deshalb also hatte Rosi gewollt, dass sie mitkam zu dieser Einkaufstour, um sie als Verbündete zu haben beim Besorgen des Bettes! Wusste ihr Mann überhaupt davon? Mia musste wohl noch immer einen fragenden Ausdruck in ihrem Gesicht gehabt haben, denn ihre Mutter reagierte schließlich indem sie erklärte:

„Ich möchte mich nur vorab informieren." Und mit einem eindringlichen Blick, der Mia fast flehend vorkam fügte sie hinzu: "Ich brauche dich, ich kann das nicht alles alleine machen."

Natürlich machte es Sinn, dass sie sich frühzeitig über alle Optionen informierten, da stimmte Mia ihrer Mutter absolut zu. Aber wie sie nun das Geschäft betraten, machte sich ein mulmiges Gefühl in ihr breit. Hätte sie doch nur mehr gefrühstückt! Um sie herum roch es nach Kunststoff und Desinfektionsmittel. Jedenfalls sehr chemisch und unangenehm, sodass Mia sich gleich in die sterile Atmosphäre in der Klinik zurückversetzt fühlte. Unwohl fühlte sie sich und ergriffen von einem unbändigen Wunsch zu fliehen. Sie wollte sich nicht mit diesen Gegenständen befassen, die alle mit Krankheit und Tod zu tun hatten. Sie wollte einfach nur weg.

Und so überließ sie es Rosi, mit dem freundlichen Verkäufer zu sprechen, ihm die Verordnung zu zeigen, und sich die verschiedenen Betttypen erklären zu lassen. Dumpf nur bekam sie mit wie der eine Reihe von Katalogen holte und auf Bilder deutete. Es kristallisierte sich schnell heraus, dass es nach seiner Ansicht nur ein bestimmtes Modell gab, das auf die Verordnung und die Bedürfnisse von Mias Vater passte.

„Wie schnell kann man so ein Bett bekommen wenn man es braucht?", hörte Mia ihre Mutter fragen.

„Das geht schnell. Es dauert nur ein bis zwei Tage", gab der Mann Auskunft. Das schien Rosi als Sicherheit zu genügen, denn sie bedankte sich bei ihm und wandte sich Mia zu.

„Das klingt doch gut", sagte sie, und ihre Stimme klang lockerer als zuvor, so als wäre sie erleichtert und hätte sich alles viel schwieriger vorgestellt. Tatsächlich genügte wohl ein Anruf in dem Geschäft, um die Bestellung des Bettes aufzugeben, wenn sie soweit waren, dass sie es brauchten.

Mia war froh, als sie draußen wieder die frische kühle Luft auf ihrem Gesicht spürte. Es hatte  erneut zu regnen begonnen, aber gerade empfand sie das als sehr erfrischend. Auf der Heimfahrt sprachen die beiden Frauen nicht viel. Rosi schien, wie Mia selbst, in Gedanken versunken zu sein.

Als sie in ihre Straße bogen, konnten sie schon von Weitem den blauen Mercedes sehen, der am Straßenrand vor ihrem Eingangstor parkte. Mia erkannte den Wagen sofort: er gehörte einem guten Freund ihres Vaters, Bernd, den er seit ihrer gemeinsamen Studienzeit kannte. Eigentlich war er ein Freund der ganzen Familie. Zwar hatten die beiden Männer nach dem Studium nur kurz in derselben Firma zusammen gearbeitet, aber die private Freundschaft hatte immer gehalten. Bernd war es auch gewesen, der beim Bau der Bibliothekstür geholfen hatte, und bei einigen anderen Arbeiten am Haus. Mia mochte ihn, aber jetzt musste sie zugeben, dass sein Besuch doch sehr überraschend kam für sie. Und etwas ungelegen, da sie eigentlich vorgehabt hatte, mit Denisa am Nachmittag das Stimmgerät zu suchen und auszuprobieren. Aber noch eine Besucherin im Haus? Mia befürchtete, dass das ihren Eltern zu viel sein würde.

Gemeinsam mit ihrer Mutter lud sie die Einkäufe aus dem Auto vor die Haustür, und nachdem sie aufgeschlossen hatten, konnten sie sofort die Stimmen der Männer aus dem Wohnzimmer hören. Und Musik von *Pink Floyd*. Mias Vater saß fast genauso in seinem Sessel wie er es getan hatte, als sie sich vor dem Einkauf von ihm verabschiedet hatten. Aber auch wenn er immer noch sehr gebeugt dasaß, war seine Miene jetzt sichtlich fröhlicher. Als er Mia und ihrer Mutter zunickte, wandte Bernd sich zu ihnen um und erhob sich, um sie zu begrüßen.

„Hallo ihr beiden, ich dachte, ich schaue mal, wie es euch geht. Ich hoffe es ist in Ordnung, dass ich so spontan hier rein geschneit bin."

Sein Blick wanderte zu Mia, und seine Augen zeigten ehrliche Freude als er fortfuhr: „Schön, dich zu sehen, Mia."

Bernd war einer der wenigen Freunde und Bekannten, die ihren Eltern noch geblieben waren, denn im Angesicht der Krankheit, hatten sich viele im Laufe des letzten Jahres Schritt für Schritt entfernt. Nicht mit Absicht bestimmt, aber wahrscheinlich wussten sie nicht, wie sie mit der Situation umgehen, was sie sagen und was sie tun sollten. Bernd war da anders, er war insgesamt anders als die Männer, die Mia sonst kannte. Vor drei oder vier Jahren, als seine Mutter im Sterben lag, war er kurzerhand bei ihr eingezogen und hatte sie gepflegt und begleitet die letzten Monate bis zu ihrem Tod. Diese liebevolle Zuneigung hatte Mia immer zutiefst berührt und bewundert.

Rosi ging auf Bernd zu und umarmte ihn kurz.

„Ich freue mich, dass du da bist!" Sie zog ihren Schal und den Mantel aus und fügte hinzu: „Du bleibst aber zum Essen, oder?"

Darum ließ ihr Gast sich nicht lange bitten. Es war ohnehin schon fast vierzehn Uhr, höchste Zeit also für Mias Mutter, das Mittagessen zuzubereiten. Mia half ihr, die Einkäufe in der Küche zu verstauen.

„Ich helfe dir gleich beim Kochen, wenn ich mich umgezogen habe", rief sie über die Schulter in die Küche, während sie rasch in ihr Zimmer gehen wollte, um sich umzuziehen. Ihre Mutter warf ihr ein dankbares Lächeln zu und antwortete: „Das wäre lieb von dir."

Auf einmal schien Rosi so positiv gestimmt zu sein, nachdem sie Bernd gesehen hatte. Bestimmt lag es daran, dass sie ihn selber gerne mochte, aber vielleicht war ihr auch aufgefallen, wie gut gelaunt ihr Mann auf einmal war. Womöglich waren diese Momente rar geworden, dachte Mia, während sie die Treppe hinauf zu ihrem Zimmer ging. Momente, die sie nutzen musste, die sie alle nutzen mussten. Rasch zog Mia ihre Jeans aus und tauschte sie gegen eine gemütliche Sporthose ein. Bernd gehörte fast zur Familie und kannte sie von klein auf, vor ihm konnte sie sich also problemlos in lockeren Klamotten bewegen.

Als sie wieder hinunter in die Küche kam, hatte Rosi bereits tiefgekühlte Fischfilets aus dem Eisfach geholt und war gerade dabei, Salat klein zu schneiden. Auf dem Tisch lagen Kartoffeln, daneben ein Schäler, und ohne zu zögern setzte Mia sich davor und begann mit der Arbeit. Ihre Mutter wuselte um sie herum, stellte den Fisch in den vorgeheizten Ofen, holte Tomaten und Gurken aus dem Kühlschrank und wusch diese ab. Dann setzte sie sich neben Mia an den kleinen Tisch, um alles für den Salat klein zu schneiden. Nico, der neben ihnen in seinem Käfig saß, untermalte das Treiben mit fröhlichem Gezwitscher und entlockte den Frauen ein breites Grinsen. Aus dem Wohnzimmer waren immer noch das Gemurmel der Männer und Musik zu hören, was die allgemeine Stimmung ungewohnt heiter machte, und deshalb beschloss Mia, ihre Mutter einfach zu fragen:

„Mama, ist das in Ordnung, wenn Denisa heute Nachmittag auch kommt?" Sie wollte gerade noch erklären, was sie und ihre Freundin vorhatten und dass sie auch rausgehen konnten wenn ihren Eltern so viel Besuch zu viel würde, doch ihre Mutter nickte sofort zustimmend, ohne dass weitere Worte notwendig waren und sagte:

„Ja, natürlich kann sie kommen." Und mit einem fröhlichen Lächeln fügte sie hinzu: „Dann ist hier mal Leben im Haus." Sie schien sich wirklich darüber zu freuen, und Mia konnte gut nachempfinden, wie sehr sich ihre Mutter nach Unbeschwertheit sehnte.

Auch während des Essens herrschte fröhliche Stimmung. Bernd hatte einiges zu erzählen von der Weltreise, von der er mit seiner Frau Susanne vor knapp fünf Monaten zurückgekommen war. Eigentlich waren sie nur durch Asien, Australien und Neuseeland gereist, aber für Mias Eltern erfüllte dies sicher die Kriterien einer Weltreise, nachdem sie selbst über Frankreich, Österreich und Italien nie hinausgekommen waren. Bestimmt kannten sie auch schon einige dieser Geschichten, aber es schien als hätten sie Freude an dem, was ihr Gast erzählte. Nicht ein einziges Mal warf Rosi einen ihrer besorgten Blicke auf den Teller ihres Mannes, obwohl er genauso schlecht aß wie sonst. Erst als Bernd anfing von handtellergroßen Spinnen im Regenwald Australiens zu berichten, verzog sie angewidert ihr Gesicht.

„Also wirklich, wie hat Susanne das nur ausgehalten?", fragte sie mit einem Ton belustigter Abscheu. Die Antwort kam mit einem Auflachen.

„Sie wäre schreiend weg gelaufen, wenn hinter ihr nicht zehn Leute gestanden hätten." Und mit einem Zwinkern schob er hinterher: „In solchen Situationen wächst man über sich hinaus, Rosemarie."

Da Mias Vater sich nach dem Essen ausruhen wollte, setzte Bernd sich derweil in die Bibliothek. Er war einer der Wenigen, die dieses Reich betreten durften und fühlte sich dort genauso wohl wie Mias Vater selbst. Mia half ihrer Mutter zunächst, die Küche aufzuräumen, dann schwang sie sich auf ihr Fahrrad, um Denisa abzuholen. Es war gar nicht so einfach, die Freundin auf dem Gepäckträger mitzunehmen, wenn diese zudem noch den Geigenkoffer in der Hand hielt, nach ein paar Metern jedoch hatten sie den Dreh raus. Sie kamen gerade rechtzeitig am Haus an, bevor es draußen zu regnen anfing, und die beiden Frauen waren wirklich froh, in die Wärme des Hauses schlüpfen zu können. Der Winter zeigte sich noch einmal von seiner ungemütlichen Seite, und es dauerte nicht lange, bis sich zu den Regentropfen Schneeflocken gesellten. Genau das richtige Wetter, um sich im Keller zu vergraben, denn das taten die beiden gleich nach ihrer Ankunft. Zwar war Mia sich ziemlich sicher, dass die

Gitarre mit dem Stimmgerät sich hier irgendwo befinden musste, jedoch hatte sie die Fülle an Kartons und Gerümpel weit unterschätzt. Fast bis unter die Decke stapelten sich die Kisten, und sie mussten zuerst einmal einiges aus dem Raum herausräumen, bevor sie in seine Tiefen vordringen konnten. Mia war schon drauf und dran, die ganze Aktion zu bereuen und sich ernsthaft zu fragen, ob sie mit ihrer Erinnerung nicht doch falsch lag, als sie schließlich in einer Ecke die obere Kante des Gitarrenkoffers ertastete.

„Ich hab ihn!", konnte sie nicht unterdrücken auszurufen.

Gemeinsam zogen sie das gute Stück aus der Ecke hervor. Die anderen Dinge wieder hineinzuräumen ging dann wesentlich schneller, und sie waren gerade damit fertig, als sie Schritte auf der Treppe hörten und dann Bernd, der im Keller erschien:

„Karl hat gesagt, ich soll einen Wein hochholen." Und als er Mia mit dem alten Gitarrenkoffer sah, setzte er hinzu: „Oha! Was habt ihr denn vor?"

Mia hockte sich vor ihren Fund und öffnete ihn.

„Wir brauchen eigentlich nur das Stimmgerät für Denisas Geige", erklärte sie.

Und tatsächlich, in der Deckelinnentasche steckte es! Gott sei Dank war ihre Mühe nicht umsonst gewesen!

„Sie spielen Geige?", hörte Mia Bernd fragen, während sie den Gitarrenkoffer wieder schloss.

„Oh nein!", antwortete ihre Freundin, „ich würde nur gerne ein bisschen auf der Geige meiner Oma lernen, aber die ist total verstimmt."

Bernds Stimme klang jetzt nachdenklich: „Vielleicht kann Karl euch helfen. Der hat doch im Gymnasium mal Violine gespielt."

Davon wusste Mia gar nichts! Ihr Vater sollte Violine gespielt haben? Das konnte sie sich beim besten Willen nicht vorstellen. Andererseits konnte sie sich auch nicht vorstellen, dass Bernd sich so etwas ausdachte. Vielleicht täuschte er sich nur. Aber der Freund ihres Vaters wollte es jetzt unbedingt wissen, und er bestand darauf, dass die Frauen ihn mit der Geige in die Bibliothek begleiteten. Beinahe hätte er sogar den Wein vergessen, wegen dem er überhaupt erst in den Keller gekommen war.

Mias Vater machte ein erstauntes Gesicht beim Anblick der vielen Personen in seiner Bibliothek, aber er schien erfreut zu sein, Denisa zu sehen, denn er begrüßte sie mit einem freundlichen Händedruck. Nicht weniger erstaunt sah er aus, als er den Geigenkoffer erblickte, doch Bernd war mit einer Erklärung gleich zur Stelle:

„Die Damen möchten Violine lernen, und ich dachte, da sind sie bei dir genau richtig."

Mias Vater betrachtete den Geigenkoffer, den sein Freund ihm auf den Schoß gelegt hatte. Es war seltsam für Mia, ihn damit zu sehen, denn für sie war ihr Vater immer ein technisch und handwerklich begabter Mensch gewesen. Natürlich hörte er gerne Musik, aber nie hatte sie ihn mit einem Instrument in Verbindung gebracht. Wenn jemand in ihrer Familie ein wenig musikalisch war, dann war es wohl Rosi, aber auch sie hatte schon seit Jahren nicht mehr auf ihrer Gitarre gespielt. Offensichtlich war dies eine Seite ihres Vaters, die Mia noch nicht kannte, und das alleine war irgendwie spannend. Sie trat neben seinen Sessel und sagte:

„Wir haben das Stimmgerät von Mama im Keller gefunden." Er nahm es entgegen, betrachtete es kurz, legte es dann neben sich auf den Tisch und öffnete den Geigenkoffer.

„Das ist aber schon sehr lange her", brummte er, doch es klang irgendwie amüsiert. Und auf einmal fühlte sie sich stark an ihre Kindheit zurück erinnert, wenn sie hier mit ihrem Vater gesessen und er ihr etwas erzählt oder erklärt hatte. Meistens war es um irgendwelche Bücher oder Autoren gegangen oder um technische Geräte und ihre Funktion. Zum Beispiel hatte er ihr hier erklärt, wie ihr Radiogerät funktionierte, bevor sie es dann zusammen im Schuppen repariert hatten. Schöne Erinnerungen waren das. Schöne Erinnerungen an unbeschwerte Zeiten zusammen.

Denisa stand ein wenig abseits. Es wirkte so, als wäre es ihr unangenehm, in diesen Privatraum einzudringen. Zwar war sie bei ihrem ersten Besuch schon einmal hier gewesen, doch auch jetzt betrachtete sie beeindruckt die schönen, großen Regale voller Bücher. Als Mias Vater nun aber die Violine aus den Kasten herausnahm, kam auch sie näher. Er hielt das gute Stück hoch und betrachtete es.

„Das ist ein schönes Instrument", meinte er dann und warf einen Blick zu Denisa hoch, die daraufhin noch einen Schritt näher kam.

„Sie gehörte meinem Opa. Ich habe sie mitgenommen, als ich Omas Haus ausgeräumt habe", erklärte sie ihm.

Mias Vater drehte die Violine in den Händen und ließ so das Licht der Lampe auf ihrem glänzenden Körper tanzen.

„Ein schönes Erinnerungsstück", murmelte er. Dann legte er das Instrument zurück in den Koffer, der noch immer auf seinem Schoß lag, winkte Denisa ganz nahe zu sich und nahm das Stimmgerät in die Hände. Geduldig ließ sich Mias Freundin erklären, welche Saiten es an der Violine gab und wie diese gespannt wurden.

Bernd indes verließ den Raum mit der Flasche Wein in der Hand, nachdem er verkündet hatte, Gläser holen zu wollen. Mia ließ sich auf das kleine Sofa nieder, das auf der anderen Seite des Raumes vor dem Regal stand, gegenüber dem Sessel ihres Vaters. Still beobachtete sie, wie Denisa sich brav alles erklären ließ und wie ihr Vater dann die Violine stimmte. Sie freute sich, dass ihre Freundin auf Anhieb so gut bei ihm ankam, aber auf einmal spürte sie tief in sich noch ein anderes Gefühl erwachen. Seltsam war es und ungewohnt. Unangenehm. Sie konnte es nicht recht einordnen.

„Haben Sie schon einmal gespielt?", fragte ihr Vater Denisa, während er das Stimmgerät und den Koffer beiseitelegte. Nachdem sie verneint hatte bedeutete er ihr, den kleinen Fußschemel neben seinen Sessel zu schieben, und sich darauf zu setzen. Er gab ihr das Instrument in die Hand und zeigte ihr, wie sie es auf ihrer Schulter platzieren musste. Die Art, wie er dabei hinter ihr herum langte und ihren Kopf in die richtige Position schob, berührte Mia unerwartet tief. Dieses ungewohnte Gefühl in ihr wurde unkontrollierbar stärker und stärker, und auf einmal war ihr klar, was es war: sie war eifersüchtig auf ihre Freundin!

Diese Erkenntnis traf sie ziemlich unvorbereitet. Ja, sie wünschte sich, sie wäre an Denisas Stelle, und ihr Vater würde ihr geduldig etwas erklären! Sie ärgerte sich darüber, dass Denisa auf diesem Hocker saß so nahe bei ihm, und dass sie sich so brav alles erklären ließ! Mit ihrer lieben, angepassten Art hatte sie Karl vollkommen eingelullt!

So plötzlich jedoch, wie Mia sich dieser Emotion bewusst geworden war, so rasch stiegen nun auch Schamgefühle in ihr hoch. Wie albern war das denn? Ihre Freundin hatte nichts falsch gemacht! Eigentlich war es die Schuld ihres Vaters! Konnte er sich nicht denken, wie seine Tochter sich dabei fühlte? Undeutlich nahm Mia wahr, wie Denisa mit seiner Hilfe den Bogen anlegte, der Geige ein paar kratzige Töne entlockte und daraufhin auflachte wie ein unschuldiges Kind. Ihre Gefühle waren absolut unreif, das war Mia klar, und dennoch schaffte sie es nur bedingt, sich dagegen zu wehren. Daher war sie sehr erleichtert, als Bernd mit den Weingläsern in der Tür erschien, denn das war die Gelegenheit, diese für sie unschöne Szene zu beenden.

Etwas ruckartig stand sie von dem Sofa auf und trat zu dem Sessel ihres Vaters.

„Dann lassen wir euch mal wieder alleine", sagte sie, und erntete überraschte Blicke. Denisa jedoch schien den Wink zu verstehen, denn sie nickte nach kurzem Zögern und ließ die Violine sinken.

„Ja, wir wollen Sie nicht länger stören." Und mit einem eindringlichen Blick zu Mia fügte sie hinzu: „Du wolltest mir ja auch noch etwas zeigen, gell?" Ehe die beiden Männer viel erwidern konnten, hatten sie ihre Sachen genommen und verabschiedeten sich aus der Bibliothek. In Mias Zimmer legte Denisa den Geigenkasten auf das Bett und verpackte das Instrument ordentlich. Ihr forschender Blick glitt immer wieder zu Mia, die am Fenster stand und hinaussah in den trüben Schneeregen, die Hände in den Hosentaschen vergraben.

„Ist alles in Ordnung?", fragte sie schließlich, bekam aber keine Antwort. Das Schweigen füllte einige Minuten lang den Raum. Denisa hatte die Geige weggepackt und bückte sich nun zu ihrer Handtasche, die auf dem Boden stand.

"Hey, ich habe auch das andere Buch dabei", wechselte sie unvermittelt das Thema und hielt der Freundin das Buch über Meditation hin. Und als diese zögerte, fügte sie grinsend hinzu: „Du hast doch gemeint, wir könnten es mal zusammen ausprobieren."

Endlich gelang es Mia, sich aus ihrer Erstarrung zu lösen. Sie griff nach dem Buch und sah ihrer Freundin ins Gesicht. „Ja, entschuldige, mir ging es gerade nicht so gut."

Denisa blickte irritiert drein und schien nicht zu verstehen, was Mia meinte.

„Aber dein Vater war doch nett zu uns…", fing sie an, doch Mia schnitt ihr das Wort ab: „Er war nett zu dir!"

Sie bereute ihre Worte noch ehe sie sie fertig ausgesprochen hatte, sowie den scharfen Ton in ihrer Stimme. Sie musste Denisa damit vor den Kopf gestoßen haben, denn die ging ein paar Schritte rückwärts und ließ sich auf das Bett sinken. „Was soll ich machen?", drang ihre leise Stimme zu Mia vor. Und auf einmal tat Mia alles entsetzlich leid. Sie war absolut unfair zu Denisa gewesen, und das schlechte Gewissen stach in ihrer Brust, aber gleichzeitig war auch dieses Gefühl der Eifersucht noch nicht gänzlich vergangen. Sie ging auf Denisa zu und kniete sich vorsichtig vor sie auf den Boden.

„Da kannst du nichts machen. Das ist eine Sache zwischen ihm und mir", sagte sie. „Es tut mir leid, dass ich unfreundlich zu dir war."

Denisa nickte aber ihre Miene war noch immer traurig. Also schlang Mia ihr die Arme um die Taille und legte ihren Kopf in Denisas Schoß.

Ihr „Bitte entschuldige." war leise, aber als ihre Freundin ihr sanft über die Haare strich wusste Mia, dass es verstanden worden war. Es verging vielleicht eine Viertelstunde, ohne dass die beiden Frauen sich rührten. Immer wieder fuhren Denisas Finger durch den kurzen Schopf in ihrem Schoß. Als Mia den Kopf schließlich hob, beugte Denisa sich zu ihr hinunter und küsste sie. Dann schenkte sie ihr ein breites Lächeln.

„Eigentlich bist du schon in der richtigen Position zum Meditieren", bemerkte sie, und da musste auch Mia grinsen.

Tatsächlich war, laut dem Text im Buch, die kniende Position auf einem Hocker eine der Möglichkeiten, sich zur Meditation hinzusetzen. Aber Mia zog es doch vor, zwei große Kissen zu holen, auf welche sie sich hocken konnten. Nun war es wichtig, ruhig zu sitzen, sich auf die eigene Atmung zu konzentrieren und an nichts zu denken. Alle aufkommenden Gedanken sollte man nur vorübergleiten lassen, ohne sich an ihnen aufzuhalten. Eigentlich klang das gar nicht so schwer. Doch schon nach den ersten Minuten stellte Mia fest, dass sie sich getäuscht hatte. Ein Gedanke nach dem anderen grub sich durch ihr Gehirn, und ließ sich nicht so einfach vertreiben wie angenommen. Und dann dieses fürchterliche Jucken, das plötzlich überall auf der Haut anfing! Erst am Kopf, dann auf den Armen, den Beinen, dann wieder am Hals… Sich nicht kratzen zu können, das war das Schlimmste. Mia versuchte so sehr, diese unangenehme Empfindung zu ignorieren, aber irgendwann konnte sie nicht mehr.

„Boah! Das hält ja kein Mensch aus! Mich juckt's überall!", rief sie aus, und im nächsten Moment begann Denisa neben ihr zu kichern.

„Und dabei war ich der Erleuchtung schon so nahe!", beteuerte sie in gespielt beleidigtem Ton. Und dann kratzten sie sich ausgiebig die juckenden Körperstellen. Kratzten sich selbst und kitzelten sich gegenseitig, bis sie beide schließlich lachend über den Teppichboden rollten. So endete die erste Meditationsübung im Haus der Familie Küster.

# KAPITEL VIERZEHN

Es waren drei Tage vergangen, ehe Frau Woge erneut zu Besuch kam. Drei Tage, in denen nichts Nennenswertes passierte. Denisa war jeden Tag bei Mia zu Hause gewesen, denn nach dem Nachmittag mit ihrem Vater und Bernd war sich Mia sicher, dass ihre Eltern nichts gegen die Anwesenheit ihrer Freundin hatten. Im Gegenteil. Aber gestern gegen Abend hatte sie Denisa früher zu ihrer Pension gefahren als die anderen Tage, weil es ihrem Vater nach dem Abendessen gar nicht gut ging. Nachdem er sich zweimal hatte übergeben müssen, hatte Rosi ihm ins Bett geholfen, wo er jetzt, am Vormittag des nächsten Tages, immer noch lag. Als Mia heute Morgen spät aufgestanden war, hatte sie ihn immer wieder husten hören. Und immer wieder dieses Röcheln zwischen den Hustenanfällen, das so abscheulich klang und in Mia ein Gefühl der Verzweiflung schürte. Es erschien ihr, als wäre ihr Vater am Ersticken, als hätte er keine Kraft mehr für noch weitere Atemzüge. In diesen Momenten kam sie ihr so erbarmungslos vor, diese elende Krankheit. Das war einfach nicht fair, dass ihr Vater so leiden musste. Niemand verdiente das! Und niemand verdiente diese Hilflosigkeit, die sie selbst verspürte.

Rosi hatte nur den Kopf geschüttelt und gemeint: „Wir können nur warten, bis es wieder besser wird."

Nur hilflos warten? Mehr konnten sie nicht tun? Vielleicht war ihrer Mutter der Gedanke im gleichen Moment gekommen, denn während sie noch zusammen auf dem Flur standen, hatten sie Karls erneuten Hustenanfall hinter der Schlafzimmertür hören können und das hatte Rosi seufzen lassen.

„Vielleicht rufe ich Frau Woge doch mal an...", hatte sie nachdenklich gemeint, mehr zu sich selbst als zu ihrer Tochter. Und Mia hatte ein Stück Erleichterung gespürt. Es musste einfach etwas geben, was man tun konnte, um es für ihren Vater erträglicher zu machen!

Jetzt saß sie in der Küche, vor sich einen Teller, Toast und Marmelade. Richtigen Appetit verspürte sie nicht, aber ihr Magen knurrte fast schmerzhaft, und deshalb wollte sie sich zwingen, etwas zu sich zu nehmen. Bevor sie zu essen begann, öffnete sie das Türchen zu Nicos Käfig, wie sie es nun beinahe jeden Morgen machte. Der Vogel hatte sich mittlerweile an das Ritual gewöhnt, und diesmal wich er nicht einmal mehr zurück vor Mias Händen. Mit einem lustigen Zwitschern beobachtete er, wie sie direkt neben ihm das Türchen aufklappte und ein Glas darunter stellte. Es war eine zur Routine gewordene Handlung, und Mia war dabei tief in ihre Gedanken versunken. Richtiggehend geistesabwesend nahm sie die beiden Scheiben Brot aus dem Toaster, legte eine davon auf den Teller und lehnte die andere gegen das aufgeklappte Käfigtürchen zum Abkühlen. Das Radio auf der Fensterbank spielte leise Musik. Mias Mutter musste es zuvor eingeschaltet haben, damit Nico sich nicht alleine fühlte wenn niemand im Erdgeschoss war. Sie selbst hatte das Haus vorhin kurz verlassen, um beim Gemüseladen etwas zu besorgen.

Mia bestrich den Toast mit Marmelade und blickte aus dem Fenster, während sie den ersten Bissen machte. Von der Küche aus konnte man durch die halbtransparenten Gardinen nach draußen auf den Vorgarten und die Straße sehen. Hin und wieder fuhr ein Auto vorbei, aber im Großen und Ganzen war es relativ ruhig in dieser Wohngegend. Mias Blick fiel auf die kahlen Rosenranken, die sich um das Eingangstor wanden. Sie sahen jetzt etwas ordentlicher aus als bei ihrer Ankunft vor eineinhalb Wochen. Ihre Mutter musste sie zurückgeschnitten haben. An einzelnen Stellen meinte Mia sogar schon kleine Knospen erkennen zu können, aber vielleicht bildete sie sich das auch nur ein. Vielleicht war es nur das Trugbild eines Wunsches nach Wärme und Frühling. Es war ja erst Mitte Februar, und es würde noch dauern, bis alles draußen zu blühen begann.

Ein leises Geräusch ließ Mia aufhorchen und ihren Kopf drehen, und dann traute sie zuerst ihren Augen nicht! Das war ein Anblick, den sie sich so gewünscht hatte, aber nicht mehr zu hoffen gewagt hatte, ihn je zu erleben! Nico hockte auf dem aufgeklappten Türchen, das wie eine Rampe von seinem Käfigeingang wegführte. Durch die Musik im Radio hatte Mia gar nicht gehört, wie er sich darauf fortbewegt hatte. Nun blickte er sich um, und sein Ausdruck wirkte erstaunt in Anbetracht der Freiheit um ihn herum. Zwei Schritte machte er noch, reckte dann seinen Hals nach vorne und begann, an der angelehnten Scheibe Toast zu knabbern. Mia wagte kaum, sich zu bewegen, so sehr berührte sie dieser Anblick. Sie war selbst überrascht über die Glücksgefühle, die in ihr hochstiegen. Das war besser als jede erblühende Frühlingsblume! Ein wunderbarer Trost für ihre Seele.

Eine ganze Weile verharrte Mia unbeweglich und beobachtete, wie Nico ein Stück Brot nach dem anderen abknabberte in seinem Schnabel hin und her schob und dabei mehr als die Hälfte fallenließ. Immer wieder drehte er den Kopf, sah sich um mit diesem lustigen Ausdruck und bewunderte die Welt ohne Gitterstäbe. Doch auf einmal hielt er im Knabbern inne und erstarrte. Im nächsten Moment hörte auch Mia das Klappern der Haustür. Ihre Mutter war vom Einkaufen zurück.

„Mia?", begann diese noch auf dem Gang zu sprechen. Vielleicht hatte sie ihre Tochter am Fenster gesehen von draußen und wusste daher, dass Mia in der Küche saß.

„Ich habe vorhin mit Frau Woge telefoniert und...", sagte sie in dem Moment als sie in die Küche trat. Mia bemühte sich, nicht zu schnell ihren Kopf zu drehen, denn in keinem Fall wollte sie den Vogel vor sich erschrecken.

„Mama, schau!", unterbrach sie ihre Mutter und deutete langsam auf Nico. Der legte skeptisch den Kopf schief, entschied sich dann jedoch, noch ein Stück von der Toastscheibe abzuknabbern. Rosi stand einen Moment wie geplättet in der Tür, dann öffnete sich ihr Mund zu einem breiten Lächeln.

„Wie hast du das denn geschafft?", fragte sie, während sie langsam ihren Mantel öffnete. Jetzt musste Mia ebenfalls grinsen, und sie konnte nicht anders als ein kleines Bisschen kindlichen Stolzes zu empfinden als sie erwiderte: „Mit Geduld und Toast."

Erst jetzt spürte sie, dass die Marmelade von ihrer eigenen Brotscheibe über die Finger tropfte, und mit der Zunge leckte sie sich über die Haut, um das Gröbste aufzufangen. Das war für Nico jedoch zu viel Bewegung in seiner Nähe. Mit einem letzten Krümel Brot im Schnabel hopste er auf dem Gittertürchen zurück zu seinem Käfig und verschwand hinter den schützenden Stäben.

Einen kurzen Moment lang stand Mias Mutter noch in der Küchentür. Dann zog sie ihren Mantel aus und sagte, während sie sich zur Garderobe umwandte: „Frau Woge kommt so um elf vorbei."

Dann hörte Mia, wie sie ihre Stiefel ins Regal stellte und die Treppe hinauf ging.

Obwohl es ihm so schlecht ging, ließ Mias Vater es sich nicht nehmen, für Frau Woges Besuch aufzustehen und sich ins Wohnzimmer zum Sessel zu begeben. Dort saß er als es an der Haustür klingelte, und er blieb sitzen, während Mias Mutter die Tür öffnete und die Palliativschwester hereinbat. Diesmal gab es weder Saft noch Kekse, denn niemand dachte daran. Frau Woge ließ sich von Mias Vater schildern, wie es ihm die letzten Tage ergangen war und was sich nun verschlechtert hatte. Zunächst erzählte er von der zunehmenden Atemnot und den Schmerzen, vor allem im Rücken. Die Schwester hörte sich alles geduldig an, dann nahm sie aus ihrem Ordner eine Kopie des Medikamentenplanes heraus. Einen Augenblick lang studierte sie ihn, dann meinte sie: „Wir könnten eine andere Kombination von Schmerzmitteln ausprobieren, wenn Sie das möchten, Herr Küster. Und eine höhere Dosierung, damit Sie dauerhafter weniger Schmerzen haben."

Als Mias Vater nicht gleich reagierte fügte sie hinzu: „Das ist nur zum Ausprobieren und kann jederzeit wieder geändert werden, wenn es nicht helfen sollte. Und ich würde das ohnehin noch mit der Ärztin absprechen. Aber wir haben bei anderen Patienten gute Erfahrungen gemacht."

Nun endlich signalisierte Mias Vater durch ein Nicken seine Zustimmung, kam jedoch nicht dazu, etwas zu sagen, denn ein plötzlicher Hustenanfall hielt ihn davon ab. Als dieser endlich verebbt war, brauchte er einen Moment, um zu verschnaufen. Er saß so kraftlos und schief in seinem Sessel, dass es Mia die Kehle zusammenschnürte. Sie war kurz davor aufzustehen, um ihn zu stützen, als er seine Stimme an Frau Woge richtete:

„Bitte entschuldigen Sie mich. Ich bin gleich wieder da."

Ein Blick zu seiner Frau genügte. Sofort verstand Rosi, wie auch Mia, dass er zur Toilette musste, und sie stand eilig auf, um ihn zu unterstützen. Mia beobachtete, wie sie ihm in seine Pantoffeln und dann beim Aufstehen half. Seine Bewegungen waren so zittrig, dass sie den Impuls unterdrücken musste, ihm auch zur Hilfe zu eilen. Aber sie war sich sicher, dass er das nicht wollen würde, deshalb blieb sie auf dem Sofa neben Frau Woge sitzen und sah nur stumm zu, wie ihre Eltern langsamen Schrittes das Wohnzimmer verließen und in Richtung Badezimmer die Treppe hinaufgingen. So langsam und zerbrechlich hatte sie ihren Vater noch nie erlebt. Sein Zustand hatte sich viel schneller verschlechtert, als Mia es für möglich gehalten hätte. Hieß das, dass es bald vorbei war? Dass es nicht mehr lange dauerte bis er starb?

Mia spürte Frau Woges Blick auf sich, und das war ihr sehr unangenehm, denn sie schaffte es nicht, die Tränen zu unterdrücken. Peinlich berührt wischte sie sich über die Wangen und versuchte ein Lächeln als sie fragte: „Möchten Sie einen Tee, oder...?"

Frau Woge jedoch ging nicht auf die Frage ein. Sie rückte auf der Couch ein wenig näher, legte Mia ihre warme Hand auf den Arm und sah ihr direkt in die Augen.

„Wir können uns auch gerne duzen", sagte sie, „ich bin Christina."

Mia fühlte sich sehr überrascht von diesem unerwarteten Angebot, und sie brachte nicht mehr als ein Nicken zustande, während sie sich ein Taschentuch vom Tisch nahm. Christina wartete geduldig, bis sie sich die Nase geschnäuzt und das Tuch eingesteckt hatte. Ihr Blick war wunderbar ruhig, und auf einmal war es Mia gar nicht mehr so peinlich, dass sie weinen musste. Christina schien damit keine Probleme zu haben, und sie ließ es einfach geschehen ohne zu drängen.

„Es ist nicht leicht, oder?", fragte sie schließlich, nachdem Mia das dritte oder vierte Taschentuch benutzt hatte. Die Frage schwang eine Weile in der Stille des Raumes nach.

Mia gingen so viele Gedanken gleichzeitig durch den Kopf. Zu oft in der Vergangenheit war sie egoistisch gewesen und hatte ihren Eltern Kummer bereitet, deshalb empfand sie es als ihre Pflicht, jetzt für sie stark zu sein. Sicher war das alles für die beiden viel schlimmer, und schließlich war es nicht Mia selbst, die sich mit dem Ende ihres Lebens befassen musste. Ihr Vater zeigte so wenig von seinen Gefühlen dazu, und Mia wurde nun klar, dass sie genau deshalb den Eindruck hatte, sich zurückhalten zu müssen.

Christina nickte ruhig, als Mia ihr zögerlich diese Gedanken mitteilte. Ihr Blick war nachdenklich, sie schien die Worte auf sich wirken zu lassen. Dann fuhr sie sich über ihre hochgesteckten blonden Haare und sagte:

„Weißt du, es gibt ein schönes Gedicht von Mascha Kaleko, in dem sie ausdrückt, dass der Tod für die Angehörigen fast schlimmer oder wenigstens genauso schlimm ist, wie für den Sterbenden selbst. Da ist schon etwas dran, finde ich."

Christina sprach nicht weiter, sie ließ ihre Worte einfach im Raum stehen. Und sie hatte Recht, fand Mia, es waren wahre Worte, denn mit dem Tod eines lieben Menschen leben zu müssen tat ungeheuer weh. Sie selbst wusste das nur zu gut! Konnte es überhaupt schlimmer sein, selber zu sterben? Wie fühlte es sich an, diese Welt zu verlassen und diesen Körper? Mia hatte schon Einiges über Nahtoderfahrungen gelesen, besonders in der Zeit nach Miriams Tod, in der sie so sehr nach Antworten gesucht hatte. Damals hatte es ihr wirklich Trost gespendet, diese Berichte zu lesen, aber nun war das ein paar Jahre her und der Eindruck, den sie damals gewonnen hatte, war verblasst. Wie es sein würde, wenn ihr Vater irgendwann endgültig seinen kranken Körper hinter sich lassen würde... sie konnte es sich nicht vorstellen.

„Warst du schon einmal dabei, wie jemand gestorben ist?", sprach Mia die Frage aus, die ihr mit einem Mal in den Sinn gekommen war.

Christina nickte. „Ja, schon mehrmals."

Irgendwie fühlte Mia sich durch diese Antwort erschüttert, denn sie konnte sich überhaupt nicht vorstellen, den Tod eines anderen Menschen zu erleben. Wie sah das aus? Mia war sich nicht sicher, ob sie die Antwort wirklich wissen wollte, und deshalb fragte sie nicht weiter nach.

Die beiden Frauen saßen nur schweigend nebeneinander, bis sie Rosis Schritte auf der Treppe und dann auf dem Gang vernehmen konnten. Mias Mutter erschien alleine in der Wohnzimmertür. Ihre Wangen waren gerötet wie von einer größeren Anstrengung. Sie setzte sich in den Sessel, in dem zuvor ihr Mann gesessen hatte und fuhr sich über die leicht unordentlichen Haare.

„Er musste sich leider hinlegen", erklärte sie ihrem Gast. Christina nickte verständnisvoll. Dann bot sie an, kurz nach Mias Vater zu sehen und wenn nötig die Ärztin zu holen, doch Rosi lehnte ab.

„Das habe ich ihn auch schon gefragt, aber er möchte nur schlafen." Christina schien keine Einwände dagegen zu haben, stattdessen beugte sie sich zu Mias Mutter vor und fragte: „Kann ich denn noch etwas für Sie tun, Frau Küster? Sie wirken sehr erschöpft."

Rosi sah sie an, und ihr Blick schien etwas überrascht. Womöglich war es eine ganze Weile her seit sie mal jemand gefragt hatte, wie es ihr eigentlich mit der ganzen Situation ging, und als Mia nun darüber nachdachte musste sie zugeben, dass auch sie sich noch nicht sehr um ihre Mutter gekümmert hatte. Sie nahm sich fest vor, ihr von nun an mehr Hilfe anzubieten und zum Beispiel nicht nur zum Einkaufen zu begleiten, sondern ihr Besorgungen ganz abzunehmen. Oder auch das Kochen oder Wäsche waschen. Fast schämte sich Mia jetzt dafür, dass sie das nicht schon viel früher getan hatte. Zu sehr war sie mit ihren eigenen Gedanken und Problemen beschäftigt gewesen, und das wollte sie ändern!

Ihre Mutter schien nicht zu wissen, was sie auf die Frage der Palliativschwester antworten sollte, denn sie schüttelte nur leicht den Kopf. ‚In guten wie in schlechten Zeiten‘, das hatte sie ihrem Mann bei ihrer Heirat vor fast vierzig Jahren versprochen. Mia konnte sich gut vorstellen, wie sehr ihre Mutter sich an dieses Versprechen gebunden fühlte, und wie selbstverständlich es für sie war, ihre Aufgaben ohne Klagen zu erledigen. Hilfe anzunehmen musste sie noch lernen, das hatte sie selbst gesagt.

Christina drängte sie nicht. Sie nahm Rosis Reaktion zur Kenntnis und packte ihre Unterlagen zurück in ihre Tasche. „Dann bespreche ich die Medikation mit Frau Helm und komme morgen wieder vorbei“, schlug sie vor.

# KAPITEL FÜNFZEHN

Tatsächlich brachte die neue Medikation eine deutliche Besserung. Am stärksten fiel Mia auf, dass ihr Vater nicht mehr so gebeugt ging und sich leichter zu bewegen schien, und das konnte nur daran liegen, dass er insgesamt weniger Schmerzen hatte. Er stand wieder jeden Morgen auf, verbrachte viel Zeit in seiner Bibliothek und ging sogar immer mal wieder kleine Strecken mit Rosi spazieren.

Denisa freute sich sehr, als Mia ihr das erzählte, denn sie hatte die tiefe Sorge wahrgenommen, die in den letzten Tagen in der Stimme ihrer Freundin gelegen hatte. Nun wickelte Denisa sich rasch aus ihrem Duschhandtuch und schlüpfte in ihre Kleider, die sie auf dem Bett zurechtgelegt hatte. Daneben lagen schon ein großes und ein kleineres Handtuch bereit für ihren Ausflug. Mia hatte nämlich vorgeschlagen, zu dem Schwimmbad im nächsten größeren Ort zu fahren, denn es hatte wohl auch einen schönen Saunabereich. In den letzten Tagen war der Winter noch einmal eiskalt zurückgekommen, und deshalb freute Denisa sich auf die Hitze. Das letzte Mal, dass sie mit Mia in einer Sauna gewesen war, war am Bestattungstag ihrer Oma gewesen. Das Wetter war an diesem Tag ebenfalls scheußlich kalt gewesen, aber nicht nur deshalb hatte ihr die Sauna gut getan. Sie hatte auch ihr Herz gewärmt, das erfüllt gewesen war von frischer Trauer. Diese tiefe Empfindung des Verlusts hatte sie nun nicht mehr in sich, aber noch immer schmerzte der Gedanke an ihre Oma sehr. Vorgestern erst hatte sie ein Telefonat mit Herrn Kunert geführt, der sich als Makler um die Vermietung von Omas Haus kümmerte, und sie war sehr erfreut gewesen zu hören, dass er ein junges Ehepaar gefunden hatte, welches das Haus gerne mit den noch darin befindlichen Möbeln mieten wollte. Es war eine junge Familie, die ihr erstes Kind erwartete und auch bereit war, Moritz, Omas alten Kater, mitzuversorgen. Besonders darüber war Denisa erleichtert. Moritz war ihrer Oma vor vielen Jahren zugelaufen, und auch wenn er oft tagelang wegblieb, war das Haus für ihn seine Heimat geworden. Denisas Oma hätte sich gewünscht, dass das auch für den Rest seines Lebens so bleiben würde. Die Formalitäten, wie etwa den Mietvertrag und das Über-gabeprotokoll wollte Herr Kunert mit den Leuten erledigen. Bei ihrem Telefonat vorgestern hatte er unter anderem mit Denisa einige wichtige Punkte des Vertrages durchgespro-chen. Sie würde die Unterlagen dann zur Durchsicht und Unterschrift zugeschickt bekommen. Dass das alles so rei-bungslos klappte, stimmte Denisa froh und dankbar, denn sie hatte lange nicht gewusst, was sie mit dem Haus machen sollte. Es war schließlich das Haus ihrer Kindheit, ihre Hei-mat, und sie hätte es schrecklich gefunden, es an irgendwen und für immer verkaufen zu müssen.

Auf einmal unterbrach ein Klopfen an ihrer Zimmertür De-nisas Gedanken. Mia hatte angekündigt, sie am Handy an-zurufen, sobald sie vor der Pension stand, aber als Denisa nun die Zimmertür öffnete, stand dort ihre Freundin schon gleich auf der Schwelle.

„Unten war offen, da bin ich einfach hochgegangen", teilte die mit, kam herein, und noch bevor die Tür ganz geschlos-sen war, küssten sie sich und umarmten sich innig. Denisa holte eine große Plastiktüte aus ihrem Koffer, in die sie die Handtücher stopfte.

„Ich habe noch gar nicht fertig gepackt", kommentierte sie.

„Egal!" Mia ließ sich auf das Bett plumpsen. „Ich muss eh' noch verschnaufen."

In der Tat war ihr Gesicht gerötet von der Fahrradfahrt und der kalten Luft draußen. Während Denisa noch einige wei-tere Dinge wie Haarbürste und Shampoo in die Tüte packte, machte Mia es sich auf dem Bett bequem.

„Wir brauchen uns nicht zu beeilen. Wir haben ja den gan-zen Tag Zeit", meinte sie, während sie sich ausstreckte. Denisa stellte die gepackte Tüte neben die Tür, dann legte sie sich zu ihrer Freundin. Nahe dem Bett stand der Stuhl, der zu dem kleinen Tisch gehörte. Darauf hatte Denisa den Geigenkoffer gestellt, und als Mia ihn jetzt sah, blieb ihr Blick eine Weile daran haften. Dachte sie an die Szene in der Bibliothek? Die beiden Frauen hatten kein Wort mehr darüber verloren.

Nun richtete sich Mia halb auf und erkundigte sich mit einer Geste in die Richtung des Koffers: „Hast du es nochmal probiert?"

Denisa folgte ihrem Blick und schüttelte den Kopf. Für sie war die Erinnerung an die Zeit mit Mias Vater unangenehm, vor allem weil sie das Gefühl hatte, dass seitdem etwas zwischen ihr und ihrer Freundin stand. Etwas, das sie nicht benennen, aber auch nicht beseitigen konnte. Langsam richtete sie sich auf und setzte sich auf die Kante des Bettes.

„Ich würde sie eigentlich schon gerne wieder in die Hand nehmen", sagte sie nachdenklich.

Sie hob den Koffer auf ihren Schoß, öffnete ihn und strich mit den Fingerspitzen über die Konturen des Instruments und den abgewetzten Samtbezug des Koffers. Der Geruch, der von ihm aufstieg, erzeugte wie immer ein Bild ihres Opas vor ihrem inneren Auge. Er hatte das Instrument gerne gespielt, und soweit Denisa wusste, hatte er auch seiner Tochter, Denisas Mutter, das eine oder andere darauf beigebracht. Wie wäre es wohl, wenn ihre ganze Familie noch einmal beisammen sein könnte? All die Menschen, die sie viel zu früh verlassen hatten…

Auf einmal fühlte sie, dass sich am Innenrand des Koffers die Verkleidung gelöst hatte. Sie erinnerte sich, das schon einmal zuvor bemerkt zu haben, aber nun konnte sie dahinter ein kleines Stück zusammengefalteten Papiers entdecken.

„Hey, was ist das denn?", rief sie aus und zog es hervor.

Langsam faltete sie den gelblich verblichenen Zettel auseinander. Ihr Blick spiegelte bestimmt deutlich ihre Überraschung wider, während sie darauf starrte, und das schien

Mias Neugier zu wecken. Die richtete sich nämlich auf und kroch hinter ihre Freundin, um zu sehen, was dort stand:

*Ich würde gerne bald wieder zwischen deinen Schenkeln eintauchen.*

Was hatte das zu bedeuten? Denisa verstand einen Moment lang gar nichts mehr. Was war das für eine Notiz und für wen war sie bestimmt? Und wie, um alles in der Welt, kam sie da hinein? Der Farbe des Papiers und der verblichenen Schrift nach zu urteilen, musste der Zettel schon einige Zeit in dem Koffer gesteckt haben.

Hatte ihre Oma davon gewusst, all die Jahre über, in denen sie die Geige aufbewahrt hatte? Das konnte sich Denisa nicht vorstellen! Sicher wäre sie sehr empört gewesen, denn wie wahrscheinlich die meisten Frauen ihrer Generation, war sie sehr prüde gewesen. Über Sex wurde nicht gesprochen. Nie. Alles, was Denisa selbst darüber wusste, hatte sie von Freundinnen oder aus der *BRAVO* gelernt. Sie konnte sich nicht vorstellen, dass ihre Oma eine solch unsittliche Notiz in dem Koffer belassen hätte, wenn sie davon gewusst hätte. Das war schlicht unmöglich.

„Kennst du die Schrift?", hörte Denisa Mias Stimme neben sich.

Noch immer ratlos schüttelte sie den Kopf. War der Zettel am Ende an ihren Opa adressiert gewesen? Aber auch das konnte Denisa sich nicht vorstellen, denn wer hätte ihm den zustecken sollen? Außerdem schien die Nachricht, ihrem Wortlaut nach zu urteilen, wohl eher an eine Frau gerichtet zu sein. An Denisas Mutter? War das möglich?

Je länger Denisa darüber nachdachte, desto verwirrter fühlte sie sich. Ja, ihre Mutter hatte auch hin und wieder auf der Geige gespielt, das wusste sie. Aber wer sollte ihr so etwas zustecken? Denisas Vater? Diese Idee machte irgendwie noch am meisten Sinn.

„Vielleicht hat das mein Vater geschrieben", sagte sie zögerlich und teilte ihrer Freundin ihre Gedankengänge mit. Die
schwieg erst einen Moment, dann meinte sie:
„Krass, dass er dir hier schon zum zweiten Mal begegnet,
oder?"
Da hatte sie allerdings Recht! In jedem Fall war das alles
sehr seltsam. Und ganz plötzlich stieg in Denisa erneut ein
Gedanke hoch, der schon in ihr aufgekeimt war, als sie sein
Foto im Internet gefunden hatte: ‚Ich sollte ihn suchen!'
Selbst wenn ihr Vater diesen Zettel nicht verfasst hatte, so
war er doch der Einzige, der vielleicht Klarheit in dieses Rätsel bringen konnte. Und er war das Einzige, was Denisa an
Familie noch hatte. Aber noch erfüllte sie diese ungewohnte
Idee mit Furcht. Nie zuvor war ihr der Gedanke gekommen,
ihren Vater wiedertreffen zu wollen. Dieser neue Wunsch,
auch wenn er noch ganz klein und unreif in ihr schlummerte,
machte ihr irgendwie Angst.
Sie zuckte zusammen, als sie plötzlich wieder Mias Stimme
neben sich hörte: „Zeig mir doch mal das Bild von deinem
Vater."
An ihrem Smartphone hatte Denisa die Seite mit dem Bild
rasch aufgerufen, dazu brauchte sie ihren Laptop gar nicht.
Um es schnell wieder finden zu können, hatte sie das Bild
mit einem Lesezeichen versehen. Eine Weile lang betrachtete Mia das Bild stumm, dann reichte sie ihrer Freundin das
Handy wieder.
„Er sieht nicht schlecht aus, oder?", fragte sie, und ihre Stimme klang vorsichtig, so als versuche sie zu ergründen, was
Denisa gerne hören würde. Diese nickte nur dazu. Sie war
froh, dass Mia nichts über den jungen Mann hinter ihrem
Vater sagte. Irgendwie, das wurde Denisa nun bewusst, hatte
sie die Phantasie, dass sie einen Halbbruder hatte, schon ein
wenig lieb gewonnen. Sie wollte nicht, dass diese Illusion irgendwie zerstört wurde. Nachdem sie also nichts erwiderte,
schien ihre Freundin zu spüren, dass sie nicht weiter darüber
sprechen wollte und schlug deshalb vor loszufahren.

Eine knappe halbe Stunde mussten sie mit dem Auto fahren, bis sie bei dem Schwimmbad angekommen waren. Es war mittelgroß und von außen waren die Röhren dreier Wasserrutschen zu sehen, die sich durch die Luft schlängelten. Der typische Chlorgeruch schlug ihnen entgegen, sobald sie die Eingangstür öffneten. Vom Kassenbereich aus konnte man hinunter in die Schwimmhalle schauen, und Denisa stellte fest, dass nicht viel los war. Aber klar, es war ja auch mittags unter der Woche. In einer Ecke der Halle standen ein paar Mädchen und vor ihnen eine Frau, die etwas erklärte. Eine Schulklasse vermutlich. Aber die war bereits weg, als Mia und Denisa sich dann zum Schwimmen in das große Becken gleiten ließen. Sie hatten es fast für sich alleine, und so konnten sie sich schnell darin bewegen um warm zu werden. Mia trug einen schwarz-lila gemusterten Bikini, in dem ihre eher helle Haut zu leuchten schien. Denisa selbst hatte sich einen Badeanzug an der Kasse leihen müssen, ein etwas ausgewaschenes blaues Exemplar. Aber natürlich hatte sie im Winter auf Reisen nicht daran gedacht, ihren eigenen Badeanzug mitzunehmen, also musste sie mit diesem Lappen hier Vorlieb nehmen. Es war ihr jedoch egal, denn sobald sie in den Saunabereich gingen, würde sie ihn ohnehin ausziehen. Mia bewegte sich geschmeidig durch das Wasser, sie hatte einen recht muskulösen Körper, und es erfüllte Denisa mit Wonne, ihr beim Kraulen zuzusehen. Sie selbst schwamm eher gemächlich ihre Runden.

Sobald sie beide genug vom Schwimmen hatten, verließen sie das Becken, nahmen ihre Taschen und gingen zum Saunabereich. Auch hier war nicht viel los, wie sie beide erfreut feststellten. Es duftete angenehm nach Zitrusfrüchten und anderen Aromen, die Denisa nicht zuordnen konnte. Da ihnen beiden der Magen knurrte, holten sie sich als erstes an der Snackbar ein paar Sandwiches. Schließlich war es schon Mittag, und auch das Schwimmen hatte hungrig gemacht. Wasser zum Trinken hatten sie dabei, und so machten sie es sich auf zwei Liegestühlen an dem kleinen Pool gemütlich.

Zwei ältere Damen lagen ebenfalls dort am Pool und lasen. Es war still bis auf das Gluckern des Wassers. Wunderbar still. Denisa genoss die Ruhe sehr. Sie aßen schweigend ihre Sandwiches, denn irgendwie war ihnen wohl beiden nicht zum Reden zumute. Zumindest konnte Denisa das von sich selbst sagen. Ihre Gedanken kreisten noch immer um den seltsamen Fund im Geigenkoffer. Dieses Gefühl, das er ausgelöst hatte... sie konnte es nur schwer beschreiben. Es war mehr eine Ahnung, so als ob es Geheimnisse in ihrer Familie gab, von denen sie nichts wusste. Und alle Personen, die vielleicht etwas hiervon hätten aufklären können waren tot. Bis auf ihren Vater...

Denisa wurde von Mias leiser Stimme aus ihren Gedanken geholt:

„Ich gehe mal in die Eukalyptussauna."

Oh ja, da wollte sie selbst jetzt auch hin. Ihre langen Haare waren vom Schwimmen nämlich noch nass, und sie hatte deswegen zu frieren begonnen. Also nahmen sie beide ihre großen Handtücher und betraten die kleine Saunakabine, die nur ein paar Meter von ihren Liegeplätzen entfernt war. Angenehme Hitze schlug ihnen schon beim Öffnen der Tür entgegen, und tatsächlich duftete es hier sehr intensiv nach Eukalyptus. So, als würden sie sich in einem riesigen Hustenbonbon befinden. Die Luft brannte angenehm beim Atmen. Da die beiden Frauen alleine in der Sauna waren, breiteten sie großzügig ihre Handtücher auf den Bänken aus. Mia nahm den Saunaeimer und goss noch etwas von dem Aufguss auf die heißen Steine. Denisa beobachtete sie, wie sie hierfür zwei- oder dreimal den großen Holzlöffel in den Eimer tauchte. Mias glatte Haut schimmerte im gedämpften Licht, und sie fing an zu glänzen, als sich der aufsteigende Dampf darauf legte. Schön sah das aus, und auch als sie es sich auf ihren Handtüchern gemütlich gemacht hatten, fiel es Denisa schwer den Blick von ihr zu wenden. Da sie alleine waren, hob sie ihre Hand zu Mias Arm, und streichelte ihn sanft. Mia reagierte nicht sofort, doch ihr zufriedener Gesichtsausdruck zeigte ihr Wohlwollen. Schließlich erwiderte sie Denisas Berührung, streichelte ebenfalls über ihre Arme, ihren Bauch und über ihre Beine. Wunderschöne Empfindungen.

So lagen sie, einander liebevoll streichelnd, eingelullt in die herrliche Wärme, bis sie auf einmal von Geräuschen vor der Sauna aus ihrer Zweisamkeit gerissen wurden. Die Tür wurde geöffnet, und zwei Frauen kamen herein. Sie waren nicht besonders rücksichtsvoll, denn sie schlossen die Tür recht unsanft und sprachen nicht eben leise, wie es sich in einer Sauna eigentlich gehörte. Von Denisa und Mia nahmen sie kaum Notiz. Sie setzten sich in die andere Ecke des Raumes, weiterhin in ihr Gespräch vertieft. Denisa ärgerte sich darüber, so unsanft aus ihrem seligen Zustand gerissen zu werden, und der Blick, den sie ihrer Freundin zuwarf sollte genau dies zum Ausdruck bringen. Die schien auch genau zu verstehen, denn sie rollte genervt mit den Augen. Dann kroch sie ganz nahe heran und flüsterte Denisa ins Ohr: „Wir können ja woanders hingehen."

Damit war Denisa mehr als einverstanden. Doch Mia hatte nicht etwa im Sinn gehabt, in eine andere Sauna zu gehen. Zielstrebig steuerte sie den Bereich mit den Duschen an. Neben der Gemeinschaftsdusche gab es hier nämlich auch eine einzelne Duschkabine, in welcher die beiden Frauen sich einschlossen. Mia drehte das Wasser auf und wartete, bis es eine angenehme Temperatur erreicht hatte. Dann zog sie ihre Freundin zu sich und küsste sie lange. Eng umschlungen standen sie unter der heißen Brause, ihre Körper aneinandergeschmiegt, und trotz des heißen Wassers überlief Denisas Körper eine Gänsehaut nach der anderen, als Mia begann, sie zu streicheln und mit ihren Lippen zu liebkosen. Die Nässe ließ ihre Körper geschmeidig aneinander entlang gleiten und die Empfindungen noch intensiver werden. Aller Kummer schien auf einmal weit fort, fortgespült in dem heißen Strom des Wassers und ihrer Lust, während sie sich gegenseitig wunderschöne Höhepunkte schenkten, mehrere

Male hintereinander. Es war wie eine kurze Befreiung von allem Negativen und aller Verwirrung und Traurigkeit. Denisa wünschte sich für sie beide so sehr, es würde nie enden. Es war schon fast neun Uhr abends als Mia nach Hause kam. Im Erdgeschoss brannte kein Licht mehr, nur vom Gang im ersten Stock fiel ein schwacher Schein hinunter. Sie zog sich ihre Jacke, Mütze, Schal und Schuhe aus und ging die Treppe nach oben. Die Tür der Bibliothek stand halb offen, und durch den Spalt konnte Mia ihre Mutter im Sessel sitzen sehen. Als die Mias Schritte auf dem Gang hörte, blickte sie auf und lächelte.

„Ah, da bist du ja. Hattet ihr einen schönen Tag?", fragte sie. Mia trat in das Zimmer, das nur von der Stehlampe neben dem Sessel erleuchtet war. Das Licht war schwach, und doch konnte sie erkennen, dass ihre Mutter geweint hatte. In der Hand hielt sie ein zerknülltes Taschentuch.

„Ja, es war schön", antwortete Mia. Sie stellte ihre Tasche auf den Boden und setzte sich auf den kleinen Schemel neben dem Sessel.

„Ist Papa schon im Bett?"

Ihre Mutter nickte und putzte sich die Nase. Dann saßen sie eine Weile nebeneinander ohne zu sprechen, und Mia fiel nichts anderes ein, als nach Rosis Hand zu greifen und sie festzuhalten. Die blickte zu ihr hinunter und wies dann auf die vielen Bücher um sie herum.

„Ich weiß nicht, wie das hier ohne ihn existieren soll", flüsterte sie und fing an zu schluchzen, „ich weiß nicht, wie ich ohne ihn weiter existieren soll." Sie bedeckte ihr Gesicht mit ihrer Hand, und Mia spürte, wie ihr ganzer Körper bebte, während sie weinte. Es schien ewig zu dauern. Eine kleine Ewigkeit, in der die Tränen auch Mia selbst fanden. Ihre Mutter hatte Recht: wie sollte es weitergehen, wenn Karl irgendwann nicht mehr da war? Wie schaffte man das Unmögliche, das so vielen Menschen zuvor schon widerfahren war? Mit dem Tod eines geliebten Menschen leben, wie machte man das? Sicher, Mia hatte schon mit Miriams Tod zu leben lernen müssen, und das war schwer genug gewesen. Aber Karl war ihr Vater, und für ihre Mutter war er ihr Begleiter in dem längsten Teil ihres Lebens gewesen!

Doch auf einmal musste Mia an Denisa denken. Sie hatte ihre Oma verloren und somit den letzten Menschen, der ihr an Familie noch übrig gewesen war, und Mia hatte ihre tiefe Trauer und Verzweiflung erlebt. Dennoch wusste sie, dass Denisa nicht mehr so häufig weinte wie im Dezember. Irgendwie hatte sie es sogar geschafft, die Sachen ihrer Oma auszusortieren. Vielleicht war es doch nicht ganz unmöglich, dachte Mia nun. Vielleicht kam von irgendwoher eine Kraft, die einem half damit fertig zu werden.

„Ich glaube, ich gehe auch schlafen", durchbrach Rosi schließlich Mias Gedanken. Sie gab ihrer Tochter einen Kuss auf die Stirn, erhob sich dann aus dem Sessel und schaltete das Licht aus.

In ihrem Zimmer öffnete Mia die Tasche und holte das feuchte Handtuch und den Badeanzug heraus. Zum Trocknen wollte sie die Teile über ihren Schreibtischstuhl hängen, doch sie stockte in ihren Bewegungen. Auf dem Tisch lag der Briefumschlag, auf den sie selber *Papa* geschrieben hatte. Innen drin lag ein kleineres, liniertes Blatt Papier. Ein Brief von ihrem Vater! Mit klopfendem Herzen legte sie die Handtücher beiseite, faltete das Papier auseinander und begann zu lesen:

*Hallo Mia,*

*offen gestanden war ich sehr überrascht, als ich deinen Brief gefunden habe und wusste erst nicht wie ich darauf reagieren soll. Was sind denn die Dinge, die du gerne erzählen bzw. mich fragen möchtest? Dass wir uns nicht mehr so verstehen wie früher ist schade, da muss ich dir zustimmen. Aber ich bin froh, dass du uns Denisa vorgestellt hast, denn sie ist eine sehr freundliche Person.*

*Karl*

# Kapitel Sechzehn

Fast kein Tag war vergangen, ohne dass Denisa bei Mia und ihren Eltern zu Besuch war, und mittlerweile fand sie den Weg von der Pension zum Haus alleine. Zu Fuß war es etwa eine halbe Stunde zu gehen.

Mia hatte es genossen, dass Denisa bei ihr war, aber nun waren bald drei Wochen seit ihrer Ankunft hier vergangen, und sie spürte auch, dass ihr Denisas Gegenwart manchmal etwas zu viel wurde. Die Freundin verstand sich gut mit Mias Eltern, und auch wenn sie sich dagegen wehrte, so konnte Mia dieses stechende Gefühl der Eifersucht, das immer wieder in ihr auftauchte, nicht unterdrücken. Ohne Denisa jedoch wäre sie nie auf die Idee gekommen, ihrem Vater zu schreiben. Und sie hätte nie eine Antwort erhalten.

Kurz war sein Brief gewesen, aber es war immerhin ein Anfang. Mia beschloss, nicht lange mit ihrer Antwort zu zögern, deshalb setzte sie sich am nächsten Morgen noch im Schlafanzug an ihren Schreibtisch, überlegte kurz und schrieb:

*Hallo Papa,*
*ich würde gerne wissen, wie es dir geht. Also, ich meine, wie es dir mit dieser Krankheit geht, und damit, dass man nichts mehr tun kann.*

Kurz stockte sie und überdachte den Satz. Konnte sie das wirklich so schreiben, oder war es vielleicht taktlos? Andererseits hatte sie sich vorgenommen, nicht darum herum zu schreiben, sondern ehrlich auszudrücken, was in ihr vorging. Und daher fuhr sie fort:

*Was hast du empfunden, als der Arzt dir das gesagt hat? Ich stelle es mir sehr schwer vor, so etwas zu akzeptieren.*

Mia machte eine Pause und überlegte lange. Wahrscheinlich hielt ihr Vater sich an seinem Glauben fest, dachte sie. Sein ganzes Leben lang war er gläubiger Katholik gewesen und hatte versucht, das an seine Tochter weiter zu geben. Gottesdienstbesuche waren in ihrer Kindheit und Jugend Pflicht gewesen, bis sie sich schlichtweg geweigert hatte noch weiter hinzugehen, kurz nachdem sie Miriam kennengelernt hatte. Sie konnte in der kirchlichen Lehre nichts Hilfreiches entdecken, nichts, was ihr irgendwie Trost spenden oder einen Weg weisen würde. So gerne wollte sie wissen, was ihr Vater wirklich glaubte, aber sie zögerte lange, bis sie schließlich doch die entscheidende Frage zu Papier brachte:

*Was glaubst du: was kommt nach dem Tod?*

Würde Karl auf diesen Brief überhaupt antworten, der gleich so tiefgehende Fragen enthielt? Niemals, das wurde Mia bewusst, hätte sie sich getraut, ihn das in einem Gespräch zu fragen, zu sehr hätte sie sich vor seiner Reaktion gefürchtet. Sie befürchtete, dass er traurig oder erschüttert reagieren könnte, nicht wie der starke Vater, den sie kannte. Ja, sie hatte Angst davor, ihren Vater weinen zu sehen, weil das etwas war, was sie noch nie erlebt hatte. Und sie hatte keine Ahnung, ob sie damit würde umgehen können.

Sie unterschrieb ihre Zeilen wieder schlicht mit ihrem Namen und steckte den kurzen Brief in denselben Umschlag, in dem sie auch ihren ersten Brief übermittelt hatte. Dieses Mal legte sie ihn in der Bibliothek einfach auf den Tisch, jedoch war sie viel weniger aufgeregt als beim ersten Mal.

Ihr Vater schlief noch, und Mia ging in Socken und Schlafanzug die Treppe hinunter, um sich ihr Frühstücksmüsli ins Bett zu holen. In der Küche lief wie immer leise das Radio. Mia beachtete es kaum, sondern ging gleich zum Schrank, aus dem sie eine Schüssel und das Müsli holte.

Erst als sie den Kühlschrank öffnete, um die Milch heraus zu holen fiel ihr auf, dass etwas fehlte. Obwohl das Radio lief, war es zu still. Das Zwitschern fehlte! Im nächsten Moment wandte sie sich um und starrte auf den Tisch am Fenster, auf dem Nicos Käfig stand. Er war offen! Und leer! Hastig stellte Mia die Milch auf die Arbeitsfläche neben dem Kühlschrank und eilte zum Tisch. Mit flinken Kopfbewegungen scannte sie die unmittelbare Umgebung des Käfigs. Die Fensterbank, die Pflanzen darauf, die Stuhllehne, das Radio... Wo war Nico?

Sie war schon drauf und dran, nach ihrer Mutter zu rufen, denn niemand sonst konnte die Käfigtür geöffnet haben, als sie ein leises Zwitschern vernahm. Es kam aus dem schmalen Spalt zwischen Käfig und Wand, und als Mia hineinspähte, entdeckte sie die graue Schwanzspitze des Vogels. Mit neugierigen Augen blickte er sie an, als sie den Käfig zur Seite schob. Im Schnabel hielt er das Stück einer Erdnuss, welches er dort gefunden haben musste. Der Anblick war einfach rührend, und Mia fühlte sich auf einmal überglücklich. Zum Einen weil sie ihn gefunden hatte, aber auch aus einem weiteren Grund: Nico hatte sich getraut und seinen Käfig ganz verlassen! Fast hatte sie nicht mehr daran geglaubt, dass es irgendwann passieren würde.

Mia versuchte, den Vogel zu locken, um ihn aus seiner Ecke hervorzuholen. Er machte auch ein paar kleine Hopser in ihre Richtung, stockte dann jedoch, weil Schritte auf dem Gang zu hören waren. Mia drehte den Kopf zur Tür und erblickte Rosi. Die erblickte den leeren Käfig, dann Nico auf dem Tisch und schlug die Hand vor ihren Mund.

„Ach du liebe Zeit!", rief sie aus, „das habe ich ja ganz vergessen!" Während sie selbst vorhin gefrühstückt hatte, hatte sie spaßeshalber den Käfig geöffnet, ohne wirklich zu glauben, dass der Vogel herauskommen würde, erzählte sie. Und dann hatte das Telefon geklingelt, und sie war hingeeilt, damit Karl und Mia nicht vom Klingeln geweckt würden. Während sie im Wohnzimmer mit ihrer Schwester telefoniert hatte, hatte sie Nico dann vollkommen vergessen.

„Tante Anna lässt dich übrigens grüßen."

Nico hatte sich Rosis Bericht ruhig angehört. Als sie jedoch zum Tisch kam, war ihm das wohl zu viel Trubel in seiner unmittelbaren Nähe. Er flatterte auf, klammerte sich an die Außenwand des Käfigs, um dann fix an den Gitterstäben entlang bis zur Eingangsöffnung zu klettern. Dort angekommen schlüpfte er in sein sicheres Heim und fing in seiner Lieblingsecke mit der Gefiederpflege an, so als wäre nichts gewesen.

Mia bedankte sich bei ihrer Mutter für die Grüße, dann nahm sie die Milchtüte, die sie neben dem Kühlschrank abgestellt hatte und füllte Milch in ihre Müslischüssel. Mittlerweile hatte sie ganz schön kalte Füße bekommen, trotz ihrer Socken, und sie freute sich darauf, noch einmal unter ihre warme Bettdecke zu kriechen.

„Ich frühstücke heute im Bett", sagte sie deshalb zu ihrer Mutter.

Wieder in ihrem Zimmer nahm Mia sich noch eine zusätzliche Decke, die sie über ihre Bettdecke breitete, um es richtig schön warm zu haben. Seitlich auf den Ellenbogen gestützt löffelte sie ihr Müsli. Dann stellte sie die leere Schale auf ihren Nachtkasten und kuschelte sich in die Kissen. Mittlerweile war es unter den Decken schön warm geworden, und Mia fühlte sich fast so wohl, wie vor ein paar Tagen in der heißen Sauna. Das war ein wunderbarer Nachmittag gewesen mit Denisa.

Für heute hatten sie noch nichts Konkretes ausgemacht, ob sie sich sehen würden, wusste Mia daher noch nicht genau. Sie hatten das in den letzten Tagen meist recht spontan entschieden. Mia streckte sich und rollte sich dann in ihrem Bett auf die Seite. Die Wärme lullte sie angenehm ein, sodass sie noch einmal in einen wohligen Schlaf hinüberglitt.

Als sie wieder erwachte, waren fast zwei Stunden vergangen. Zwei Stunden Schlaf, die ihr richtig gut getan hatten, auch wenn sie ziemlich sinnloses Zeug geträumt hatte. Aber es hatte in ihr eine angenehme Stimmung hinterlassen, sodass sie nun gut gelaunt das Bett verließ. Im Badezimmer wusch sie sich und zog sich dann in ihrem Zimmer an. Ein Blick auf ihr Handy sagte ihr, dass Denisa heute wohl auch lange geschlafen hatte, denn sie hatte noch keine Nachricht geschrieben. Also tippte Mia selbst eine kurze SMS an ihre Freundin:

*Guten Morgen, bist du schon wach?*

Wobei sich die Frage fast erübrigte, denn es war mittlerweile nach elf Uhr. Höchste Zeit also, um aufzustehen. Mia nahm die leere Müslischüssel und verließ ihr Zimmer.

Sie wollte nach unten gehen und ihre Mutter fragen, ob sie irgendetwas helfen konnte, doch als Mia zu der Tür der Bibliothek kam, bemerkte sie, dass diese einen Spalt breit offenstand. Ihr Vater saß wie immer in seinem Sessel, und nun musste er die Schritte seiner Tochter auf dem Gang gehört haben, denn er hob seinen Kopf. Einen Moment lang schien er zu zögern, dann ergriff er das Wort: „Mia, magst du dich zu mir setzen?"

Es waren genau dieselben Worte, die er früher oft gebraucht hatte, wenn er ihr etwas hatte zeigen oder erklären wollen, aber es war lange her, dass Mia sie gehört hatte. Eine kleine Ewigkeit. Sie hatte nicht damit gerechnet, und deshalb zögerte sie jetzt ihrerseits ein paar Sekunden. Ein unangenehmes Ziehen machte sich in ihrem Bauch breit. Aber dann trat sie ein in die Bibliothek und setzte sich auf den Schemel neben Karls Sessel.

Eine Weile lang schwiegen sie beide, und Mia betrachtete die schier unzähligen Bücher um sie herum. Ihr Vater hatte die Hände in seinen Schoß gelegt, und unter ihnen konnte sie Perlen seines Rosenkranzes erkennen. Schließlich räusperte er sich und sagte:

„Ich glaube, wir sollten versuchen, miteinander zu sprechen." Sie Blick war auf seine Tochter gerichtet, und Mia wusste nicht, was er von ihr erwartete. Also nickte sie nur, und wieder entstand eine Pause, diesmal länger als zuvor. Es war ihr Vater, der erneut begann:

„Du hast gefragt, was ich glaube, was nach dem Tod kommt", nahm er Bezug auf ihren letzten Brief.

Die erste Frage jedoch, die sie ihm darin gestellt hatte, nämlich wie es ihm wirklich ging, ließ er unbeantwortet. Stattdessen griff er nach dem Buch, das zuoberst auf dem Tisch neben ihm lag, und Mia erkannte die Ausgabe der Bibel.

„Nun, ich glaube, was hier drin steht", sagte er und hob das Buch leicht hoch, „dass wir nach dem Tod zu unserem Herrgott zurückkehren."

Auch wenn Mia sich das gedacht hatte, klang es seltsam, diese Worte aus seinem Mund zu hören. Die Vorstellung vom lieben Gott, sie kam ihr mittlerweile so absurd vor... So viel hatte sie nach Miriams Tod über Wiedergeburt gelesen, dass sie daran gar nicht mehr zweifeln konnte. Sie selbst fand diese Vorstellung irgendwie tröstlich, dass man mit der Welt verbunden blieb.

„Ich glaube halt", fing sie vorsichtig an, „dass wir alle irgendwie göttlich sind und ein Leben nach dem anderen durchlaufen."

Ihr Vater sah sie lange an, mit einem Blick, aus dem sie meinte, Bedauern herauslesen zu können. Das Konzept der Wiedergeburt war ihm nicht fremd, und sie beide hatten auch schon einmal darüber gesprochen, aber damals hatte er sich sehr gegen diese Ansicht gewehrt. Und auch jetzt schien er sie eher absurd zu finden, seinem Blick nach zu urteilen, aber er sprach es nicht direkt aus. Stattdessen sagte er:

„Meinst du denn, deine Ansichten würden dir helfen, wenn du in meiner Situation wärst?"

‚Du meinst, wenn ich im Sterben läge', dachte Mia, und ein Schauer lief ihr über den ganzen Körper dabei. Der Glaube an die Wiedergeburt hatte ihr damals über den Tod ihrer Freundin hinweggeholfen, aber würde er ihr auch helfen, wenn sie selbst am Ende ihres Lebensweges stünde? Das hatte sie sich noch nie gefragt.

„Ich weiß es nicht, Papa", antwortete sie deshalb. Ihr Vater schien das wohl irgendwie als eine Bestätigung seiner Ansicht zu werten, denn er nickte und lehnte sich in seinem Sessel zurück.

„Siehst du. Wir haben doch unseren Glauben, wir brauchen den Glauben anderer Kulturen nicht", resümierte er und setzte dann noch hinzu:

"Ich hatte gehofft, ich hätte dir das beigebracht."

Er hustete und fügte noch hinzu: „Aber ich hatte auch von einigen anderen Dingen gedacht, dass wir sie dir beigebracht hätten."

In seiner Stimme schwang eine Spur von Resignation mit. Mia fühlte sich zunehmend unwohl, denn das Gespräch lief nicht so, wie sie es sich erhofft hatte. Andererseits war es immerhin ein Anfang, und sie musste ihnen beiden eine Chance geben. In jedem Fall wollte sie guten Willen zeigen.

„Ich weiß, Papa", erwiderte sie deshalb, „ich habe euch oft enttäuscht. Das war nicht einfach für euch."

Karl nickte zustimmend.

„Du kannst dir nicht vorstellen, wie das für mich war, dich immer wieder bei der Polizei abholen zu müssen", sagte er mit ernster Miene.

Mia fühlte Enttäuschung in sich aufsteigen, weil er jetzt damit anfing. Sie hatte gehofft, die Themen ihrer alten Auseinandersetzungen nicht wieder aufgreifen zu müssen. Umso entsetzter war sie, als ihr Vater noch hinterher schob: „Zum Glück war das dann irgendwann vorbei."

‚Es war vorbei, weil meine beste Freundin gestorben ist!', schrie es in Mia, aber sie brachte es nicht fertig, das auszusprechen. Konnte ihr Vater sich nicht denken, dass das unmittelbar mit Miriams Tod in Verbindung stand? Aber gleich im nächsten Augenblick wurde ihr wieder bewusst, dass sie mit ihren Eltern ja nie darüber hatte sprechen können. Karl konnte nicht wissen, wie sehr Miriams Tod seine Tochter getroffen hatte, und auch jetzt fühlte Mia sich außerstande, es ihm zu sagen.

Deshalb schluckte sie ein paarmal, um ihre Emotionen unter Kontrolle zu halten.

„Ich weiß", wiederholte sie dann, „und es tut mir leid. Aber ich würde lieber über andere Dinge reden."

Ihr Vater blickte sie an, als würde er nicht verstehen, deshalb ergänzte sie:

„Ich meine, das sind alles Dinge aus der Vergangenheit, die wir eh nicht mehr ändern können."

Mia spürte die Anspannung in ihrem ganzen Körper, und sie war sich dessen bewusst, dass ihre Stimme leicht zitterte. Ihr Magen rebellierte, und sie wünschte, ihr Herz würde nicht so pochen! Warum nur? Warum war es so schwer ehrlich zu sein?

„Ich würde halt lieber wissen, wie es dir jetzt geht... mit der Krankheit...", erklärte sie stockend weiter, „...und ob ich etwas für dich tun kann." Endlich war sie ausgesprochen, diese einfache Frage. Sie schwebte zwischen ihnen im Raum wie ein wertvolles Echo, und Mia war erstaunt und zugleich tief berührt als sie spürte, wie ihr Vater nach ein paar Momenten ihre Hand ergriff. Er schaute ihr direkt in die Augen und räusperte sich.

„Das ist lieb von dir, Mia."

Mehr sagte er nicht, aber sein Gesichtsausdruck kam Mia irgendwie angenehmer vor als vorhin. Vielleicht friedlicher? Karl machte keine Anstalten, noch mehr zu sagen, und so saßen sie nur nebeneinander, Hand in Hand, bis Rosi von unten zum Essen rief.

Es war fast fünfzehn Uhr, als Mia nach dem Mittagessen in ihr Zimmer zurückging. Ihr Handy blinkte. Denisa hatte zweimal versucht, sie anzurufen, und Mia hatte ein schlechtes Gewissen, weil sie nach ihrer SMS nicht erreichbar gewesen war, also verlor sie keine weitere Zeit mehr und wählte Denisas Nummer. Schon nach dem zweiten Klingeln ging die dran, und nachdem sie sich begrüßt hatten, erzählte Mia von dem Gespräch mit ihrem Vater.

„Bist du zufrieden?", fragte ihre Freundin, nachdem sie fertig berichtet hatte, aber Mia zögerte mit ihrer Antwort.

„Ich weiß nicht", sagte sie dann, „ich hatte es mir irgendwie anders vorgestellt. Wirklich vertraut war es nicht zwischen uns."

„Es war jetzt ja auch euer erstes Gespräch, und es ist doch gut, dass es überhaupt stattgefunden hat. Da darfst du nicht zu viel erwarten am Anfang", erwiderte Denisa.

Sie hatte Recht, und Mia war das klar, aber sie konnte dennoch ein Seufzen nicht unterdrücken. Sie hatte gehofft, die Unstimmigkeiten schnell klären zu können, auch weil sie immer wieder die Angst überfiel, sie könnten hierfür nicht mehr viel Zeit haben. Diese Angst, ihr Vater könnte plötzlich einfach weg sein. So wie damals Miriam.

„Du, ich muss dir auch etwas sagen", hörte Mia jetzt erneut Denisas Stimme, und es klang, als würde etwas Unangenehmes kommen.

„Ich habe heute mit meiner Chefin telefoniert", fuhr Denisa fort.

„Sie hat mir von dem Buchprojekt erzählt, das ich vor Omas Tod mit betreut hatte. Die andere Lektorin hat nämlich überraschend gekündigt, und nun braucht sie mich, damit ich das Projekt in den nächsten zwei Monaten abschließe."

Mit einem Seufzen fügte sie hinzu: „Der Autor ist wohl schon sehr angepisst, meinte sie."

Das musste Mia erst einmal verdauen. Klar, sie hatte sich zwischendurch immer wieder gefragt, wie lange Denisa noch würde bleiben können, aber dass es nun plötzlich so konkret werden könnte, damit hatte sie nicht gerechnet. Sie bemühte sich, ihre Stimme möglichst unbeschwert klingen zu lassen als sie fragte: „Wann musst du fahren?"

Denisas Antwort kam prompt: „Ich habe meiner Chefin gesagt, dass ich in zwei Wochen wieder da sein kann und das Projekt dann übernehme. Das war okay für sie."

Zwei Wochen also. Dann blieb ihnen ja wenigstens noch etwas Zeit. Nun war es aber Denisa, die ihre Zweifel daran zu haben schien, denn sie fragte mit leiser Stimme:

„Ist das okay, Mia? Kann ich dich hier alleine lassen?"

Was sollte Mia darauf sagen? Sie wusste es schlicht und ergreifend nicht, aber ihr gelang es doch einigermaßen locker: „Ja, das ist okay." zu erwidern.

Und dann glomm ein kleiner Hoffungsschimmer in ihrem Bewusstsein auf, und sie fügte hinzu: „Wir können ja immer noch telefonieren."

Da stimmte Denisa ihr zu, und ihre Stimme klang erleichtert. Dann wechselte sie ganz unvermittelt das Thema:

„Etwas anderes wollte ich dich noch fragen: könntest du morgen mit mir zusammen bei der Auskunft anrufen? Ich möchte fragen, ob sie mir dort die Adresse meines Vaters sagen können."

Mia war perplex. Dann wollte Denisa also tatsächlich nach ihrem Vater suchen! Das fand sie irgendwie heftig, schließlich kannte Denisa ihn so gut wie gar nicht, und er hatte offensichtlich auch nie ein Interesse an ihr gezeigt. War die Gefahr nicht groß, dass das Ganze für Denisa in einer großen Enttäuschung endete? Die jedoch schien ihren Entschluss gefasst zu haben, also wollte Mia ihr das nicht kaputtreden. Sie verabredeten, dass Mia gegen zehn Uhr in der Pension sein würde.

# KAPITEL SIEBZEHN

Schlecht geschlafen hatte Mia letzte Nacht, in der ein böser Traum den nächsten gejagt hatte. Worum es in diesen Träumen gegangen war, daran konnte sie sich nicht erinnern, aber wie sie nun im Badezimmer vor dem Spiegel stand, fühlte sie sich als hätte sie einen Kater. Ihr Kopf schmerzte. Im Schrank fand sie Aspirin und spülte zwei Tabletten hinunter. Fast bereute sie es, sich heute so früh mit Denisa verabredet zu haben, aber andererseits mussten sie die Tage, die ihnen noch miteinander blieben auch nutzen. Da konnte Mia nicht auf solche Befindlichkeiten Rücksicht nehmen. Fürs Frühstücken blieb ihr nicht viel Zeit und, was sie besonders schade fand, auch nicht für Nico. Der hätte ihre Laune bestimmt gebessert, und vielleicht hätte er sogar wieder Fortschritte gemacht. Aber das musste sie auf später verschieben, denn sie hatte Denisa versprochen, rechtzeitig bei ihr zu sein, damit sie diesen Anruf bei der Auskunft machen konnten. Also nahm Mia drei Kekse aus der Tüte im Schrank und steckte sie in ihre Jackentasche, um sie auf dem Fahrrad während des Fahrens zu essen.

Das Wetter war eigentlich ganz schön. Kalt zwar, aber die Sonne schien und wärmte Mia das Gesicht. Aber irgendwie konnte das ihre Laune nicht heben, und es wäre ihr fast lieber gewesen, es würde regnen. Dann hätte sie sich mit ihrer schlechten Stimmung nicht so fehl am Platz gefühlt. Jedoch versuchte sie, sich nichts anmerken zu lassen, als Denisa sie nun an ihrer Zimmertür begrüßte. Wieder einmal war unten die Eingangstür einfach offen gestanden, sodass Mia unbemerkt in den zweiten Stock hatte gehen können.

Im Gegensatz zu ihr selber schien Denisa gut gelaunt zu sein. Sie hatte die Vorhänge und das Fenster weit geöffnet, um frische Luft und die Sonnenstrahlen hereinzulassen. Da es nun aber doch kühl wurde im Zimmer, ging sie zum Fenster und schloss es wieder. Einen Augenblick verharrte sie dort, ihr Gesicht nach oben gewandt, sodass es von der Sonne beschienen wurde. Sehr zufrieden sah sie aus, wie sie da so stand. Friedlich irgendwie.

Mia trat neben sie und schloss ebenfalls die Augen. So gerne wollte auch sie diesen Frieden in sich spüren und den Tag genießen können! Ein wenig entspannte sie sich, während sie da so nebeneinander standen, eine ganze Weile lang. Irgendwann spürte sie Denisas Hand, die nach der ihren griff.

„Sollen wir fahren?", fragte die Freundin und sah Mia mit halboffenen Augen an. Mia konnte einen verwunderten Blick nicht unterdrücken.

„Und der Anruf bei der Auskunft?", fragte sie.

Immerhin hatte sie sich nur deshalb so beeilt hierher zu kommen, damit sie Denisa dabei helfen konnte. Die jedoch winkte ab.

„Das habe ich vorhin schon erledigt." Sie nahm einen Zettel vom Tisch, auf dem eine Adresse notiert war.

„Irgendwie war es doch einfacher als ich erwartet habe", fügte sie noch hinzu.

Mia war einen Moment lang sprachlos. Sie hatte gedacht, dass Denisa sich ihre Unterstützung bei diesem Schritt gewünscht hatte, und nun hatte sie ihn einfach alleine gemacht, ohne etwas dazu zu sagen! Irgendwie machte Mia das wütend, nicht zuletzt deshalb, weil sie sich ganz umsonst abgehetzt hatte. Sie spürte, wie sich ihre schlechte Laune von vorhin zurück meldete. Wenn Denisa sie nicht brauchte, bitte! Dann würde sie sich nicht aufdrängen.

Am liebsten wäre Mia gleich wieder alleine zurück gefahren, aber Rosi rechnete fest damit, dass ihre Freundin mit ihnen zu Mittag aß. Dafür hatte sie extra angekündigt, ihren leckeren Reisauflauf zu machen nach einem alten Familienrezept. Jetzt einfach ohne Denisa aufzutauchen, das konnte Mia nicht bringen. Bestimmt bemerkte ihre Freundin Mias ärgerlichen Ton als sie erwiderte: „Gut, dann lass uns fahren."

Aber Denisa sprach sie nicht darauf an, ganz so, als wolle sie sich ihre gute Laune nicht nehmen lassen.

Also fuhren sie beinahe wortlos zusammen auf dem Fahrrad die Strecke zu Mias Heim, wo Rosi beide freundlich begrüßte. Sie war schon in der Küche zugange und bereitete das Kompott vor, das sie zu dem Auflauf servieren wollte.

In Mias Zimmer setzte Denisa sich auf das Bett und beobachtete Mia, wie sie ziellos ein paar Dinge hin und her räumte. Natürlich, sie musste spüren, wie schlecht ihre Freundin drauf war, und endlich fragte sie:

„Geht es dir nicht gut?"

Nein! Nichts war gut! Aber so richtig konnte Mia es auch nicht benennen, denn es gab keinen bestimmten Grund für ihre schlechte Gesamtstimmung heute. Deshalb schüttelte sie den Kopf und erwiderte:

„Es ist schon okay. Ich habe nur schlecht geschlafen."

Und dann zwang sie sich, sich ebenfalls auf das Bett zu setzen, neben ihre Freundin. Die blickte sie einen Moment lang an, dann legte sie ihre Arme um Mia und zog sie an sich. Liebevoll war diese Umarmung. Liebevoll und irgendwie tröstend, und Mia bereute es, dass sie nicht schon vorhin ehrlich zu Denisa gewesen war. Sogar ihre Kopfschmerzen wurden ein etwas besser.

Einige Minuten lang saßen die beiden Frauen regungslos fest aneinandergeschmiegt, bis Denisa die Umarmung vorsichtig löste.

„Sag mal, hat dein Vater zufällig Bücher von Jules Verne in seiner Bibliothek?", fragte sie unvermittelt, wohl auch um Mia auf andere Gedanken zu bringen.

„Ich bin nämlich mit dem hier fertig und würde gerne noch eines von ihm lesen."

Sie zog ein dünnes Buch aus ihrer Handtasche und hob es hoch. Es war *Das Karpatenschloss*. Mia wusste, dass ihr Vater so gut wie alle Werke von Jules Verne gelesen hatte, und bestimmt hatte er auch einige davon in seiner Bibliothek stehen. Er wäre sicher erfreut zu hören, dass Denisa sich dafür interessierte, also bejahte Mia. Sie wusste, dass Karl sich gerade ohnehin in der Bibliothek aufhielt.

„Fragen wir ihn doch einfach", schlug sie deshalb vor, nicht ohne innerlich zu seufzen.

Wie nicht anders erwartet, saß Mias Vater in seinem Sessel und las. Als er die beiden Frauen erblickte, ließ er das Buch sinken und sein Gesichtsausdruck wirkte erfreut.

„Wie geht es mit der Geige", fragte er Denisa in fröhlichem Ton. Die winkte lächelnd ab.

„Ach, da muss ich mir wohl einen Lehrer suchen, wenn ich wieder daheim bin", antwortete sie. Dann hob sie ihr Buch hoch und fuhr fort:

„Ich habe mich gefragt, ob Sie vielleicht noch andere Bücher von Jules Verne haben."

Mia kam gar nicht dazu, etwas zu sagen, denn schon bat Karl sie beide herein.

„Dann setzen Sie sich mal", sagte er zu Denisa und wies auf den Schemel. „Ich sehe mal nach, welche Ausgaben ich dahabe."

Artig setzte Denisa sich und warf Mia einen begeisterten Blick zu. Mia selbst ließ sich wieder auf dem Sofa nieder. Zwar dauerte es eine gefühlte Ewigkeit, aber Karl stand von seinem Sessel auf und schlurfte zu einem der Regale, vor dem er stehenblieb. Er suchte einen Moment mit den Augen, hob dann die Hand und nahm etwas heraus.

„Ihnen gefällt Jules Verne also", stellte er fest, als er mit zwei Büchern in der Hand zurückkam und sie Denisa reichte. Es waren *Reise zum Mittelpunkt der Erde* und *Fünf Wochen im Ballon*. Sie nickte und besah sich die Coverbilder.

„Ja, ich finde faszinierend, was er für Visionen hatte", antwortete sie.

Damit traf sie den Nagel direkt auf den Kopf, denn Karls Gesicht schien aufzuleuchten, als er sich wieder in den Sessel zurückfallen ließ.

„Er hat einiges antizipiert, was an technischen Entwicklungen noch kommen sollte", erkläre er. „Das war eine Zeit, in der man noch viel erfinden konnte."

Seine Stimme klang so schwärmerisch, dass Mia verblüfft war. Zwar wusste sie natürlich von der Technikbegeisterung ihres Vaters, aber dass er so ein Interesse für Erfindungen hatte, das war ihr neu. Und es schien so, als würde Denisa dieses Interesse teilen, denn sie bemerkte:

„Das ist vielleicht echt ein großer Unterschied zu heute."

Sie sagte noch mehr, aber Mia hörte nicht mehr richtig zu. Wie die beiden da saßen, und sich unterhielten, so vereinnahmt von ihrer Begeisterung! Und wie ihr Vater dann seine Hand auf Denisas Hand legte, um ihr eine bestimmte Stelle in einem der Bücher zu zeigen!

‚Wenn du wüsstest, was wir machen, wenn wir alleine sind', schoss es Mia durch den Kopf. Ob ihr Vater dann immer noch so angetan sein würde von ihrer Freundin? Sie bezweifelte es sehr. Oh, er wäre sicher entsetzt zu merken, wie sehr er sich in ihr getäuscht hatte!

Mia wurde abrupt aus ihren Gedanken gerissen, als sie ihren Namen hörte, denn ihr Vater sagte: „Mia hat leider irgendwann das Interesse an guten Büchern verloren."

Wie er über sie sprach! Als wäre sie noch immer ein kleines Kind! Und dabei hatte sie gedacht, sie beide hätten gestern ein wenig Fortschritte gemacht.

Der Schmerz in Mias Kopf nahm stetig zu, ein pochender, bohrender Schmerz. Er hüllte sie ein wie in eine unangenehme Wolke, und nur dumpf hörte sie ihren Vater fortfahren, den Blick direkt auf sie gerichtet:

„An deiner Freundin kannst du dir ein Beispiel nehmen."

Hatte er das wirklich gesagt? Mia konnte nicht fassen, dass er tatsächlich ausgesprochen hatte, was sie ihm an Gedanken schon die ganze Zeit unterstellt hatte! Wie konnte er so etwas wirklich zu ihr sagen, und was fiel ihm ein, sich so zwischen sie und Denisa zu drängen!

Der Schmerz hämmerte unaufhaltsam in Mias Kopf und ihr wurde schwindelig. Übelkeit machte sich in ihren Eingeweiden breit, ein Symptom, das sie von früher kannte. Ein

Symptom der Wut. Und auf einmal konnte sie es nicht mehr aushalten. Sie sprang von dem Sofa auf und stampfte geradewegs auf ihren Vater zu. Der schien in dem Sessel regelrecht zusammenzusinken, aber Mia konnte sich nicht mehr bremsen.

„Dann musst du dir wohl eine andere Tochter suchen!", schrie sie ihn an und war über die Lautstärke ihrer Stimme selbst überrascht.

Beide, Karl und Denisa starrten sie an. Der Ausbruch musste sehr unerwartet gekommen sein, und Mia spürte sogleich ein schwaches Gefühl der Reue, aber jetzt konnte sie nicht mehr zurück. Sie blickte in das Gesicht ihres Vaters, dieses abgemagerte Gesicht, und sie sah nur noch den engstirnigen Spießer, diesen Vater, der sie nicht mochte und sie einfach nicht akzeptieren konnte wie sie war. Ja, sie wollte es! Sie wollte ihn bis ins Mark treffen und verletzen!

„Was glaubst denn du, wer deine geliebte Denisa ist?", zischte sie ihn an. „Sie ist nicht irgendeine Freundin! Sie ist meine Geliebte!"

Und um ihren Worten noch mehr Ausdruck zu verleihen, trat sie mit aller Wucht gegen die halboffene Tür der Bibliothek, sodass diese nach innen aufflog und an die Wand krachte. Sie vernahm das scheußliche Geräusch von berstendem Holz und dachte kurz an die schönen Schnitzereien auf der Tür. Doch sie wollte sich nicht darum kümmern! Sie wollte nur noch weg von hier!

Und so polterte sie die Treppe hinunter, an ihrer Mutter vorbei, die mit einem entsetzten Gesichtsausdruck aus der Küche kam. Mia schnappte sich ihre Schuhe und ihre Jacke und verließ ohne noch ein Wort zu sagen das Haus.

Denisa starrte fassungslos auf die Tür der Bibliothek, gegen die Mia so gewaltsam getreten hatte. Was war da eben passiert? Sie hatte es noch nicht richtig begriffen. Mias Worte hallten in ihrem Kopf nach wie ein Echo.

‚Sie ist meine Geliebte!' Hatte Mia das tatsächlich ausgesprochen?

Denisa wagte kaum, sich zu Mias Vater umzudrehen und seinen Gesichtsausdruck zu sehen. Einerseits fühlte sie sich richtig geschockt von den Geschehnissen, andererseits spürte sie noch ein anderes sehr unangenehmes Gefühl in sich: was Mia gesagt hatte, war ihr entsetzlich peinlich. Da saß dieser Mann neben ihr, der sie so freundlich behandelt hatte die ganze Zeit und sie für ein liebes Mädchen hielt. Wie enttäuscht musste er sein! Von seiner Tochter und von ihr. Doch als sie es endlich schaffte, sich zu ihm umzudrehen, stellte sie fest, dass er sie gar nicht beachtete, sondern auf die Tür starrte. Ein kleines Stück Holz war davon abgesplittert und lag in der Mitte des Raumes auf dem Boden.

Denisa suchte in ihrem Kopf noch nach Worten der Entschuldigung und Erklärung, doch dann kam sie gar nicht dazu, etwas zu sagen, denn Mias Mutter war die Treppe hochgelaufen und stand nun atemlos in der Tür. Mit einem Ausdruck, der schieres Entsetzen widerspiegelte presste sie hervor: „Karl, was ist passiert?"

Ihr Mann erhob sich schwerfällig, ging ein paar Schritte und bückte sich dann, um das Stück Holz vom Boden aufzuheben. Da sie keine Antwort erhielt, ging Mias Mutter zu ihm und fasste ihn am Arm. Ihre Stimme klang zittrig, und Denisa konnte sehen, dass sie den Tränen nahe war.

„Karl, sie ist weggelaufen!", erhob sie erneut die Stimme. „Was sollen wir jetzt machen?"

Sie klang so verzweifelt, dass sie Denisa richtig leid tat. Mias Vater jedoch stand nur da, das Stück Holz zwischen seinen Fingern. Erst als seine Frau seinen Arm energischer packte, hob er den Blick.

„Sie wird schon wiederkommen", brummte er ungeduldig. Glaubte er das wirklich? Schließlich war Mia schon einmal weggelaufen und dann monatelang nicht mehr zurückgekommen. Denisa konnte die Sorge von Mias Mutter wirklich verstehen. Andererseits hatte Mia diesmal keinen Rucksack mitgenommen, und Denisa konnte sich eigentlich auch nicht vorstellen, dass sie lange wegbleiben würde. Als sie ihre Gedanken aussprach, dachte Mias Mutter kurz darüber nach. Dann nickte sie schließlich stumm und putzte sich die Nase. Was blieb ihnen anderes übrig als zu warten?

Sie verbrachten also die Zeit mit Warten. Stunde um Stunde. Ein wenig aßen sie von dem Reisauflauf, aber dieses Mal brachte nicht nur Mias Vater kaum einen Bissen runter. Die Zeit verging unglaublich langsam, fand Denisa. Wo konnte Mia nur hingefahren sein? Das Fahrrad hatte sie mitgenommen, soviel hatten sie feststellen können. Aber wohin? Auch wenn die Sonne noch schien, war es zu kalt draußen, um sich lange dort aufzuhalten. Mia musste sich also irgendeinen Ort gesucht haben, an dem es wenigstens etwas warm war. Ein Café vielleicht? Aber ihre Mutter hatte nachgesehen: Mias Geldbeutel lag in ihrem Zimmer. Sie konnte sich nichts kaufen. Also kein Café. Wo konnte sie sonst sein?

Und auf einmal schoss Denisa die Idee wie ein Blitz in ihr Bewusstsein. Natürlich! Die Scheune am Waldrand! Die Scheune, in der Mia mit ihr den Joint geraucht hatte. Mias Geheimversteck! Dort war sie wenigstens vor der schlimmsten Kälte geschützt, und es war ein Ort, an dem ihre Eltern sie nicht finden konnten. Nicht ohne Denisa.

„Ich glaube, ich weiß, wo sie ist!", rief sie aus, und Mias Eltern staunten nicht schlecht, als Denisa ihnen von ihrer Idee erzählte. Aber auch sie fanden das Ganze plausibel, und gleich darauf beschlossen sie, zu dritt dorthin zu fahren.

Da Mias Mutter sehr aufgelöst wirkte, bot Denisa an, das Auto zu fahren. Sie hoffte innständig, dass sie den Weg zu der Scheune finden würde, immerhin war es schon eine Zeit her, dass sie dort gewesen war. Aber irgendetwas in ihr musste die Dringlichkeit gespürt haben. Es war so eine Ahnung, die sich in ihr breit machte und sie immer schneller und schneller fahren ließ. Eine Vorahnung auf etwas Schreckliches, etwas Böses, das es aufzuhalten galt. Und als sie endlich nach holpriger Fahrt über Wiesen und Felder an dem Waldrand ankamen, wurde ihr klar, was es war, denn schon von

Weitem konnten sie sie im Halbdunkel sehen: Flammen, die wild aus der Scheune emporschlugen.

# Kapitel Achtzehn

Tick Tack, Tick Tack… das ewige Ticken der alten Uhr bohrte sich durch Karls Schädel wie spitze Nadeln und ließ die Schmerzen fast unerträglich werden. Diese ewigen Schmerzen im Kopf, die alles vereinnahmten und durch seinen geschwächten Körper drangen, und das seit Wochen schon. Er hatte Mühe, das Bücherregal neben sich scharf zu sehen, und auch die Buchstaben auf den heiligen Seiten vor ihm verschwammen nur noch. Worte, die ihm einst Trost geschenkt hatten, eigentlich so lange er denken konnte. Aber nun? Wo war Jesus nun? Und wer war er selbst? Der Vater einer verlorenen Tochter? Hatte er sie nun endgültig verloren?

Auf einmal fühlte Karl sich über zwanzig Jahre zurückversetzt in das Zimmer der Entbindungsstation. Sein kleines Mädchen, so zart und verletzlich hatte es in seinen Armen gelegen. Untergewichtig, fast so leicht wie eine Feder. Mit all seiner Kraft, so hatte er es sich damals geschworen, würde er dieses Kind beschützen. Mit aller Kraft, die ihm Gott geben würde. War es nicht genug gewesen?

Bei all dem Schmerz, den sein Körper ihm in den letzten Monaten bereitet hatte, war nichts so schlimm wie die Empfindung, die sein Herz nun zu erdrücken schien. Seine Tochter war verletzt, sein kleines Mädchen… wie hatte es so weit kommen können? Karls Finger krampften sich in die hauchdünnen Seiten der Bibel und hinterließen scharfe Knicke darauf.

‚Mein Gott, mein Gott, warum hast du mich verlassen?‘, schrie es in ihm, während Tränen über sein Gesicht rannen.

Sein süßes, kleines Mädchen… damals hatten sie sich so gut verstanden. Damals, als sein Schwur noch jung und Mia ein wunderschönes, braves Kind gewesen war. Aber irgendwann hatte sie sich die schönen langen Haare abgeschnitten, und mit ihnen war das Liebliche an ihr mit einem Schlag, wie es Karl schien, verschwunden. Wie hatte Bernd sie genannt damals? Ein kleines Stachelschwein? Das klang niedlich, und Karl war klar, dass Bernd es auch genauso gemeint hatte. Niedlich... Karl hatte es einfach nicht geschafft, diese Meinung zu teilen! Nichts war niedlich gewesen! Nicht ihr Trotz und ihr Ungehorsam, mit dem sie die ganze Familie immer wieder blamiert hatte. Auch nicht ihre sture Weigerung, noch mit in die Kirche zu gehen, geschweige denn ihre wiederkehrenden Diebstähle! Welche Schande hatte Karl dabei empfunden, sie immer wieder von der Polizei abholen zu müssen, konnte Bernd das nicht verstehen? Und dann diese schreckliche Freundin, diese Miriam! Sie war es überhaupt gewesen, die sein kleines Mädchen zu diesem Ungehorsam verführt hatte!

Aber Bernd war schon immer nachsichtiger gewesen mit Mia und hatte meist verständnisvolle Worte gefunden. Er hatte leicht reden, er wusste nicht wie das war, mit anzusehen, wie die eigene Tochter in ihr Verderben rannte! Das hatte Karl zumindest früher gedacht. Nun war er sich nicht mehr so sicher, denn Bernd schien plötzlich viel besser zu wissen, wie es Mia ging und was sie brauchte. Viel besser, als ihr eigener Vater...

Unwillkürlich glitten Karls Gedanken zu dem Gespräch zurück, das er erst ein paar Stunden zuvor mit seinem Freund geführt hatte. Da Rosi und Denisa im Krankenhaus bleiben wollten bis Mia aufwachte, hatten sie Bernd angerufen und gebeten, Karl nach Hause zu bringen.

Die ganze Aufregung hatte ihn sehr geschwächt, und so sehr er dagegen ankämpfte, Karl musste sich ausruhen. Der Regen prasselte auf Bernds Auto, während sie beide still nebeneinander fuhren, bis Bernd einen flüchtigen Blick zu Karl warf.

„Denisa hat mir eben erzählt, was passiert ist", brach der

Freund das Schweigen. „Sie hat mir erzählt, dass sie und Mia ein Paar sind."

Karl konnte nicht anders, als einen verächtlichen Laut von sich zu geben, woraufhin Bernd ihn mit einem langen Blick bedachte und nach einer Weile mit leiser Stimme fragte: „Habt ihr das gewusst? Ich meine, dass sie... dass sie Frauen mag?"

Karl zuckte mit den Schultern, aber die Antwort blieb er seinem Freund schuldig. Hatte er es gewusst? Ihm war irgendwann schon aufgefallen, dass seine Tochter nie von Jungs erzählte oder schwärmte, und er hatte sogar einmal mit Rosi darüber gesprochen.

‚Sie ist halt einfach später dran als andere', hatte seine Frau dazu nur gemeint, jedoch mit einem Blick, der ihre eigenen Zweifel daran preisgegeben hatte. Vielleicht hätte sie noch mehr gesagt, wenn er es nicht abgeblockt hätte. Mia war eine Spätzünderin, so musste es sein! Und in ein paar Jahren würde sie schon den richtigen Mann kennenlernen, heiraten und Kinder bekommen. Einen anderen Gedanken zuzulassen war Karl nicht in der Lage gewesen.

„Diese Miriam war dann wohl auch ihre Geliebte...", sprach er jetzt unvermittelt seinen nächsten Gedanken aus und erntete von Bernd dafür einen verwunderten Blick.

„Miriam? Dieses Mädchen, das damals gestorben ist?", fragte der ungläubig nach.

Dass er sich daran erinnerte! Aber klar, ein Fall von seltener Meningitis... das war damals durch die lokale Presse gegangen. Natürlich war darin nicht erwähnt worden, wer dieses Mädchen genau gewesen war. Nun, Karl hatte es dennoch gewusst und mit seinem Freund darüber gesprochen.

„Ihr Tod war tragisch, das ist klar. Aber für Mia war es besser so!", resümierte er brummend, mehr zu sich selbst und war nicht einmal sicher, ob Bernd ihn verstanden hatte, aber der trat plötzlich so heftig auf die Bremse, dass ein reißender Schmerz durch Karls Rücken fuhr. Gerade wollte er noch fragen, was das sollte, aber als er den Ausdruck seines Freundes wahrnahm, schreckte er zurück. Entsetzt sah Bernd aus. Entsetzt und wütend auf einmal!

„Wie kannst du so etwas sagen, Karl?", rief er aus mit einer Stimme, die Karl bei ihm noch nie so aufgebracht gehört hatte. Sein Freund schien stets ruhig und ausgeglichen zu sein, und hatte sogar während der schwierigen Zeit, als er seine Mutter gepflegt hatte, selten gestresst gewirkt. Karl konnte nicht anders, als ihn anzustarren.

Mitten auf der Straße standen sie nun mit dem Wagen, und der Regen prasselte unaufhörlich gegen die Scheiben. Käme ein anderes Auto, wäre die Gefahr nicht gering, dass es einfach in sie hineinfahren würde bei den schlechten Sichtverhältnissen. Aber Bernd schien nichts davon wahrzunehmen.

„Weißt du denn, wie sehr Mia darunter gelitten hat?", fuhr er nun mit eindringlicher Stimme fort. „Wenn sie dieses Mädchen wirklich geliebt hat!"

Seine lauten Worte hallten in Karls schmerzendem Kopf wider, hin und her, aber es war nicht die Lautstärke, die am meisten schmerzte, sondern der Sinn der gesprochenen Worte, der in sein Bewusstsein so gewaltsam eindrang wie eine Schwertklinge. Hatte Mia gelitten, hatte sie getrauert um die verlorene Freundin? Ihr wachsender Ungehorsam und ihr endgültiges Abwenden vom christlichen Glauben sprachen vielleicht dafür… Was hatte sie manchmal für ein Zeug geredet von Wiedergeburt und… wie hieß das? *Karma*?

In Karls Kopf begann sich alles zu drehen, und es fiel ihm schwer, einen nächsten klaren Gedanken zu fassen. Es war nicht richtig! Es gehörte sich nicht, dass zwei Männer oder zwei Frauen zusammen waren, denn es war widernatürlich und konnte nicht Gottes Willen entsprechen! So hatte Karl es von Kindheit an gelernt und das nie infrage gestellt. Die körperliche Liebe war dazu da, um Kinder in die Welt zu setzen, und zu nichts sonst!

Die Schmerzen in seinem Kopf steigerten sich bis ins Unerträgliche, und das schien wie ein Aufbegehren seines Körpers zu sein gegen alles, was er bisher geglaubt und für wahr befunden hatte. Er konnte ein Stöhnen nicht unterdrücken, bevor er gequält hervorpresste:

„Aber es ist nicht natürlich!" Wieder mehr zu sich selbst als zu Bernd.

Der Blick, mit dem sein Freund ihn daraufhin bedachte, bedurfte keiner Erklärung, so deutlich spiegelte er das empfundene Unverständnis wider.

„Es geht hier nicht um dich, Karl, oder darum, was du für richtig hältst! Sie ist immer noch dein Mädchen. Willst du wirklich so aus dem Leben gehen?" Diese einfachen Worte hatten Karl bis ins Mark getroffen.

Seine Hände umklammerten nun dort im Sessel kauernd die Bibel in seinem Schoß, dieses Buch, das ihm immer Halt gegeben hatte. Warum jetzt auf einmal nicht mehr? Seine Vorstellungen davon, wie das Leben zu sein hatte, woher kamen sie eigentlich? Und tief in sich spürte Karl plötzlich einen ziehenden Schmerz aufsteigen, der so ganz anders war, als alle Schmerzen, die er in den letzten Monaten gespürt hatte. Es war ein Schmerz, den nur bittere Erkenntnis verursachen konnte: Bernd hatte Recht! Warum war er selber all die Jahre lang nicht fähig gewesen, das zu erkennen! Nichts konnte wichtiger sein, als das Wohlergehen seines kleinen Mädchens! Nichts auf der Welt!

Ein Schluchzen verließ Karls Kehle, und es war so intensiv, dass er kurz glaubte, daran zu ersticken, und während er nach Luft rang, fiel sein Blick plötzlich auf das Buch von Jules Verne, das er Denisa gezeigt hatte. Jules Verne, der immer ein schwieriges Verhältnis zu seinem eigenen Sohn gehabt hatte, das hatte Karl in seiner Biografie gelesen. Ein Schriftstellergenie, das sich durch sein eigenes Kind beim Schreiben gestört gefühlt hatte. ‚Wie egoistisch war das!', konnte Karl jetzt nur denken. Egoistisch und egozentrisch. Hatte er selbst den gleichen Fehler gemacht?

„Ich will ein besserer Vater gewesen sein als er", wimmerte er und sank vom Weinen geschüttelt langsam in sich zusammen.

# Kapitel Neunzehn

Hell. Unglaublich hell war es um sie herum, als Mia vorsichtig ihre Augen aufschlug. Eine Leuchtstoffröhre hing schräg über ihr und blendete ihr so stark ins Gesicht, dass sie den Kopf zur Seite drehen musste. Übelkeit machte sich in ihr breit. Wo war sie? Nur verschwommen nahm sie alles um sich herum wahr, wie durch einen Wasserfilm. Was sie feststellen konnte war, dass sie in einem Bett lag. In einem Krankenhausbett vermutete sie, denn ihre Finger berührten kühle Gitterstäbe an der Seite. Im nächsten Moment spürte sie einen brennenden Schmerz am rechten Arm und konnte nicht unterdrücken, zu stöhnen. Und gleich darauf hörte sie eine vertraute Stimme, und das Gesicht ihrer Mutter erschien neben ihr.

„Hallo Schatz", sagte sie und strich ihr vorsichtig über die Stirn. Hinter ihr erschien eine zweite Person, Denisa, die nach Mias Hand griff.

„Wie fühlst du dich?", fragte sie. Etwas weiter hinten im Raum, im Nachbarbett wohl, hustete jemand, und das Geräusch schoss Mia durch ihren ohnehin schon schmerzenden Kopf, sodass sie abermals stöhnen musste. Sie kam gar nicht dazu, Denisa zu antworten, denn die Tür öffnete sich auf einmal, und eine weiß gekleidete Schwester kam herein.

„Ah, da ist ja jemand aufgewacht", flötete sie für Mias Geschmack etwas zu laut. Sie trat an das Bett, prüfte die Infusion, die darüber aufgehängt war und wiederholte Denisas Frage.

Wie sich Mia fühlte? Ihr Kopf tat höllisch weh, und ihr war schwindelig und schlecht. Immer wieder hatte sie das Gefühl, dass sich alles um sie herum drehte, und der Schmerz in ihrem Arm brannte unaufhörlich. Die Schwester nickte verständnisvoll, dann sagte sie:

„Sie können noch einmal Schmerzmittel bekommen." Sie verließ kurz den Raum, um sogleich mit einer Spritze wieder zu erscheinen, deren Inhalt sie in den Infusionsbeutel injizierte.

Als sie wieder gegangen war, wandte Mia vorsichtig den schmerzenden Kopf nach links, wo neben ihrem Bett noch immer ihre Mutter und Denisa standen.

„Was ist passiert?", fragte sie mit heiserer Stimme. Es war Denisa, die ihr antwortete:

„Wir haben dich neben der brennenden Scheune gefunden. Du lagst da und warst nicht ansprechbar."

Die Scheune! Jetzt erinnerte Mia sich schwach daran, wie sie in der Scheune aufgewacht war, weil ihr Ärmel gebrannt hatte. Sie musste mit dem brennenden Joint in der Hand auf den Strohballen eingeschlafen sein!

„Offensichtlich hast du dich irgendwie retten können, aber du musst gestürzt sein", fuhr Denisa fort. „Die Ärztin meinte, du hättest eine leichte Rauchvergiftung und eine Gehirnerschütterung."

Und einen ordentlich verbrannten Arm, dachte Mia. Jetzt war ihr klar, woher der brennende Schmerz kam.

Ihre Mutter tupfte sich mit einem Taschentuch die Augen ab. Offenbar brachte sie es nicht fertig, etwas zu sagen. Mia konnte sehen, wie ihre Mundwinkel zuckten, und mit ihrem gesunden Arm langte sie über die Bettkante und nahm Rosis Hand.

„Mama...", fing sie an, wusste aber nicht, was sie weiter sagen sollte. Wie hatte es wieder soweit kommen können? Soweit, dass sie und Karl sich gestritten hatten, und ihre Mutter weinte. Mia schämte sich.

Nun aber erwiderte Rosi ihren Händedruck und sagte mit zittriger Stimme: „Ich bin so froh, dass du wach bist."

Mit dem Tuch wischte sie sich wieder und wieder über die Augen.

„Als wir dich da gefunden haben auf dem Boden... ich dachte erst, du wärst..."

Sie schaffte es nicht, das Wort auszusprechen, denn eine erneute Welle des Schluchzens überkam sie. Mia konnte nichts tun, als nur ihre Hand festzuhalten.

Denisa war ein paar Schritte zurückgetreten, wohl um Mia und ihrer Mutter Raum zu geben, doch nun wandte Rosi sich zu ihr um und winkte sie heran. Ihr Blick für Mias Freundin war trotz ihrer verweinten Augen liebevoll. Liebevoll und dankbar.

„Sie ist dein Schutzengel, Mia", sagte sie und strich Denisa über die Wange. „Ohne sie hätten wir dich nie gefunden."

Diese Worte und die zärtliche Geste berührten Mia tief. Sie ließ die Hand ihrer Mutter los, griff nach Denisa und zog sie zu sich heran.

„Danke", flüsterte sie ihr zu. Und dann tat sie etwas, was sie noch vor Kurzem für unmöglich gehalten hatte: sie hob ihren schmerzenden Kopf ein wenig an und küsste ihre Freundin zärtlich auf den Mund. Sie küsste sie, und ihre Mutter stand dabei.

Nach zwei Tagen in der Klinik durfte Mia nach Hause, allerdings mit der Auflage, sich zu schonen und noch im Bett zu bleiben. Dagegen hatte Mia gar nichts einzuwenden, so schwach, wie sie sich fühlte. Sie hatte ein seltsames Gefühl, als sie vor ihrem Haus aus dem Auto stieg. Mal wieder kam sie nach Hause nach einem Streit, wie so oft schon. Sie ließ sich von ihrer Mutter zur Eingangstür und in den Flur führen, wo Rosi sich bückte, um ihr die Schuhe auszuziehen.

Karl musste gehört haben, dass sie ankamen, denn nun erschien er langsam im Rahmen der Wohnzimmertür. Er sagte kein Wort sondern schaute seine Tochter nur an. Was erwartete er? Eine Entschuldigung? Falls es so war, ließ er zumindest nichts davon erkennen. Er beobachtete nur, wie seine Frau Mia aus der Jacke half und sie dann an ihm vorbei zur Treppe führte.

„Sie muss sich hinlegen", sagte Rosi knapp zu ihm, und ihre Stimme erschien Mia ungewohnt streng. Hatten die beiden auch gestritten? Karl nickte nur.

„Hallo Mia", ließ er noch vernehmen, während Rosi sie schon die Treppe hinaufführte über den Gang und in ihr Zimmer. Von diesen wenigen Schritten war Mia schon wieder schwindelig geworden, und deshalb freute sie sich, sich gleich in ihr frisch gemachtes Bett legen zu können. Sie trank noch ein Glas Wasser, das ihre Mutter ihr aus der Küche hochbrachte, dann sank sie bald in einen tiefen Schlaf.

Als sie die Augen wieder aufschlug, war es draußen schon dämmrig. Der Schlaf hatte Mia gut getan, auch wenn sie sich immer noch müde fühlte. Vorsichtig drehte sie sich zur Seite und erblickte ihren Vater, der gebeugt auf ihrem Schreibtischstuhl hockte, was nicht besonders bequem sein konnte. Wie lange saß er schon da? Als er bemerkte, dass sie sich bewegt hatte, richtete er sich auf.

„Hallo Mia", sagte er wieder, „wie fühlst du dich?" Seine Stimme kam ihr unerwartet liebevoll vor. Vorsichtig richtete sie sich auf.

„Schon besser", antwortete sie, und das stimmte. Der Schlaf hatte ihr richtig gut getan. Karl lächelte leicht, beugte sich nach vorne und fragte: „Darf ich mich zu dir setzen?"

Seine zurückhaltende Art verwunderte sie, also antwortete sie nicht, sondern machte ihm nur Platz, damit er sich neben sie an das Kopfende des Bettes setzen und sich anlehnen konnte. Es war eine sichtbare Erleichterung für ihn, seine Beine hochlegen zu können. Er saß so nahe bei ihr, dass sie sein Aftershave riechen konnte, denselben Duft, den er seit Jahrzehnten verwendete und den sie, seit sie denken konnte, immer mit ihm verbunden hatte. Der unverwechselbare Papa-Duft.

Einen Moment lang schwiegen sie beide, dann räusperte sich Karl:

„Ich bin so froh, dass du wieder hier bist", sagte er, „ich habe mir Sorgen gemacht um dich."

Zu Mias Überraschung schluckte er, und sie bemerkte, dass seine Lippen zitterten. Er hustete und schluckte erneut ein

167

paarmal, und dann sah sie auf einmal, dass auf seinen Wangen Tränen hinunterliefen. Lautlos und doch unaufhaltsam. Ihr Vater weinte. Er weinte, und es schien ihm nichts auszumachen. Noch nie hatte sie das erlebt, noch nie in ihrem ganzen Leben! Es war seltsam, etwas verwirrend und gleichzeitig wunderschön.

Nach ein paar Augenblicken sprach Karl mit zittriger Stimme weiter: „Wenn wir dich nicht gefunden hätten, ich weiß nicht, was ich gemacht hätte."

Er wischte sich über das Gesicht und fuhr fort: „Selber sterben zu müssen, das ist nicht halb so schlimm für mich, als wenn ich dich verloren hätte."

Nun spürte auch Mia, dass ihr die Tränen aufstiegen. So sehr hatte sie sich danach gesehnt, solche Worte von ihm zu hören! Solche Worte der Zuneigung. Dass sie jetzt kamen, einfach so ohne Bedingungen, rührte sie bis tief in ihr Innerstes. Sie legte ihren Kopf an seine Schulter, und es war fast so wie damals, als sie noch ein Kind gewesen war und sich an ihn gelehnt hatte, wenn sie traurig war. Sein kleines Mädchen…

Sie weinten lange zusammen, so lange, dass es draußen schon dunkel wurde, und Karl irgendwann das Nachtlicht einschalten musste, um Taschentücher zu finden. Nachdem sie sich beide ausgiebig geschnäuzt hatten, war es wieder eine Weile ruhig im Zimmer. Mia dachte an ihr letztes Beisammensein in der Bibliothek. Sie war es gewesen, die diesen Streit angefangen hatte, oder genauer gesagt: sie hatte ihrem Vater gar keine Chance gegeben, etwas zu erwidern auf ihre bösartigen Worte. Sie hatte ihn nur verletzten wollen, und das tat ihr jetzt unendlich leid.

„Es tut mir leid, was ich zu dir gesagt habe, bevor ich weggelaufen bin", sagte sie deshalb. Karl nahm ihre Entschuldigung mit einem Nicken entgegen.

„Mir tut es auch leid", gestand er dann. „Dass es dir gut geht, das ist das Wichtigste, das ist mir jetzt klar geworden. Ob du Frauen liebst oder Männer, es spielt keine Rolle."

Mia war überrascht, dass er dieses Thema so offen von sich

aus ansprach. Und dass er es jetzt vielleicht doch annehmen konnte, dass sie anders war als andere Töchter. Eine Sache jedoch kam ihr jetzt in den Sinn:

„Aber du hast mir so oft gesagt, dass du gerne Enkel hättest." Ein Wunsch, den sie wohl nie würde erfüllen können…

„Ich weiß", antwortete er, „es war nicht fair von mir, das von dir zu erwarten." Auch diese Einsicht verblüffte Mia, und sie konnte ihren Blick nicht von ihrem Vater wenden.

„Ich habe mir in den letzten Wochen oft Gedanken gemacht über all diese Dinge", erklärte er, als hätte er ihre Verwunderung erraten. „Und geahnt habe ich es wohl schon lange." Mia wollte gerade nachfragen, was er geahnt hatte, aber er führte den Gedankengang gleich weiter: „Es musste ja schließlich einen Grund haben, weshalb du nie einen Freund mit nach Hause gebracht hast. Und diese Miriam…"

Mia spürte, wie ihr Herz einen Schlag aussetzte. Was wusste er von Miriam?

„Deine Mutter und ich haben das schon irgendwann begriffen, dass sie eine besondere Freundin war für dich." Seine Hände spielten nervös mit dem Saum seines Pullovers, bevor er leise hinzufügte: „Es muss schwer gewesen sein für dich, sie zu verlieren."

Mia atmete ein paarmal tief durch, denn sie wusste nicht, was sie erwidern sollte, so überrumpelt fühlte sie sich von der Ehrlichkeit ihres Vaters. Das war das erste Mal, dass er so offen über Miriam sprach, und vielleicht war das das ehrlichste Gespräch, das sie beide, Vater und Tochter, überhaupt jemals geführt hatten seit Mia kein Kind mehr war. Auch Karl schien sich in dieser neuen Situation hilflos vorzukommen, denn er ließ einen tiefen Seufzer vernehmen, sprach dann aber mit normaler Stimme weiter:

„Aber ich war mir sicher, dass sie dir nicht guttut. Ich hatte mir immer andere Freundinnen für dich gewünscht."

Andere Freundinnen… viele hatte Mia nie gehabt. Abgesehen von Miriam, war sie zeitweise eine ziemliche Einzelgängerin gewesen. Sie hatte nie gerne Freundinnen mit nach

Hause gebracht. Bis auf Denisa…

„Mit Denisa hattest du keine Probleme. Warum hast du sie sofort gemocht?", sprach sie eine Frage aus, die ihr schon eine Weile im Kopf herumschwirrte. Karl sah sie lange an, und seine leise Stimme klang schließlich so liebevoll, dass Mia beinahe erneut in Tränen ausgebrochen wäre.

„Sie hat mein Mädchen aufgenommen, als es ganz alleine war."

Auf diese ehrlichen Worte folgte wieder eine längere Pause. Mia fröstelte, aber das kam nicht von Kälte, sondern von diesen Worten, die sie in Gedanken ständig wiederholte. Sie brauchte etwas Zeit, um zu verarbeiten, was sie gerade erlebte. Karl hustete auf einmal, fing sich nach paar Momenten jedoch wieder. Das Reden strengte ihn mit Sicherheit an, jedoch machte er keine Anstalten, ihr Beisammensein beenden zu wollen, im Gegenteil.

Sein Blick fiel jetzt auf ein Bild, das über Mias Bett hing. Es war eine ihrer zahlreichen Zeichnungen, das Portrait einer jungen Frau.

„Das hast du schon immer gut gekonnt", stellte er fest. „Vielleicht hast du dein künstlerisches Talent ja von mir." Mia musste ihn wohl sehr erstaunt angesehen haben, denn er schmunzelte: „Da bist du überrascht, nicht wahr?" Dann wurde er wieder ernst.

„Weißt du, warum ich *Ritas Café* so gerne mag? Es erinnert mich an meine Jugend, an meinen Traum Schriftsteller zu werden, so wie Jules Verne."

Mia meinte erst, sich verhört zu haben. Ihr Vater ein Schriftsteller? Davon hatte er wirklich noch nie erzählt!

„Es war ein Jugendtraum, der sich nie erfüllt hat", fuhr er fort. „Du weißt ja, mein Vater wollte, dass ich Elektrotechnik studiere. Er hatte so hart gearbeitet, um mir ein Studium zu ermöglichen."

Diese Geschichte von ihrem Opa kannte Mia, die hatte Karl schon oft erzählt, aber sie war nie auf die Idee gekommen, dass dieses Studium gar nicht seine erste Wahl gewesen war.

Hatte er die Entscheidung jemals bereut? Mia kam nicht dazu, ihn zu fragen, denn er erhob abermals seine Stimme: „Du könntest ja Kunst studieren, wenn du magst."
Tatsächlich hatte sie selbst auch schon mehrmals darüber nachgedacht, sich jedoch noch nie ernsthaft damit befasst. Überhaupt hatte sie sich mit ihrer beruflichen Zukunft noch nie wirklich beschäftigt. Aber Karl hatte Recht. Vielleicht sollte sie sich wirklich mal über die verschiedenen Möglichkeiten informieren. Irgendwann, wenn sie wieder die Kraft dazu hatte. Jetzt fühlte sie sich mit einem Mal wahnsinnig erschöpft. Das Gespräch, so schön es auch gewesen war, hatte sie unglaublich müde gemacht. Müde aber glücklich.
Rosi zeigte ihnen später das Foto, welches sie gemacht hatte, nachdem sie ihre Lieben so vorgefunden hatte. Sie mussten irgendwann wohl beide eingeschlafen sein, Arm in Arm.
Vater und Tochter.

# KAPITEL ZWANZIG

So rasch Mias Verbrennungen heilten, so rasch verlor Karl kontinuierlich an Kraft. Immer länger blieb er nun im Bett liegen, und oft verließ er es nur für wenige Stunden. Trotz der neuen Medikation fielen ihm Bewegungen immer schwerer, so auch das Aufstehen aus dem Ehebett. Als Rosi sich schließlich dazu durchrang und ihn wegen des Pflegebettes ansprach, waren sie und Mia überrascht, wie positiv er reagierte. Noch am selben Tag telefonierten sie mit dem Sanitätshaus, welches am Folgetag einen Mitarbeiter zu ihnen nach Hause schickte. Der besah sich das Schlafzimmer und teilte ihnen dann mit, was eigentlich ohnehin klar gewesen war: das Pflegebett konnte unmöglich ins Schlafzimmer gestellt werden, weil es dort viel zu eng war. Es blieb nur eine Lösung, nämlich die beiden Sessel aus dem Wohnzimmer in den ersten Stock zu bringen, und das Sofa so nahe an den Schrank zu schieben, dass man ihn gerade noch öffnen konnte. Nur dann war es möglich, das Pflegebett dort, von allen Seiten erreichbar, hineinzustellen.

Denisa war ihnen eine große Hilfe beim Umräumen, zumal Mia durch die Verbrennungen am Arm noch eingeschränkt war, und auch Bernd kam vorbei und half. Schließlich mussten Karls Sachen, die er aus dem Schlafzimmer benötigte, ebenfalls hinunter gebracht werden. Er selbst konnte nicht bei den Arbeiten helfen, aber Mia war überrascht, wie ruhig er das ganze Geschehen von dem Sofa aus verfolgte.

Christina kam mittlerweile jeden Tag vorbei und auch ein Kollege eines ambulanten Pflegedienstes, der Karl bei der Körperpflege half. Jonas war ein fröhlicher, kräftiger Kerl, und Mia mochte die lockere Art, die er verbreitete, sobald er das Haus betrat. Für Mias Mutter war es eine unglaubliche Erleichterung, dass Karl nun die Pflegekraft zuließ, denn es hatte viel von ihrer Energie gekostet, zunehmend jeden Handgriff für ihn übernehmen zu müssen. Für Jonas war es kein Problem, Karl auch mal aus dem Bett herauszuheben, damit es frisch bezogen werden konnte.

Auch Mia versuchte mehr und mehr, ihre Mutter zu entlasten und ihr Aufgaben abzunehmen, so auch heute. Sie hatte sich angeboten, den Einkauf alleine zu erledigen, damit Rosi sich schon einmal ohne Stress um die Wäsche kümmern konnte. Sie hatte Denisa gebeten mitzufahren, und nun packten sie alle Taschen dafür ins Auto und brachen in Richtung Supermarkt auf. Unterwegs hielten sie kurz an den Altglascontainern an, um den angesammelten Müll zu entsorgen.

Im Supermarkt kannte Mia sich mittlerweile ganz gut aus, und dieses Mal war sie es, die Denisa immer wieder beauftragte, einzelne Teile von der Einkaufsliste zu suchen. Gerade als Mia selbst bei den Nudelsoßen nach den besten Sorten suchte, sprang ihre Freundin auf einmal mit einem „Klingeling!" hinter dem Regal hervor. Mia erschrak so sehr, dass sie beinahe ein Glas hätte fallen lassen, und sie war schon drauf und dran zu schimpfen, doch der Anblick, der sich ihr bot war zu komisch. Denisa hatte sich rosa Hasenohren aus Plüsch aufgesetzt, und in der Hand hielt sie einen riesigen Schokoosterhasen mit Glocke um den Hals, der Mia frech angrinste. Nachdem der erste Schreck überwunden war, musste Mia unwillkürlich lachen.

„Wo hast du das denn her?", rief sie amüsiert und griff nach dem Hasen, dessen Glöckchen bei jeder Bewegung schellte. Denisa lachte ebenfalls.

„Da hinten ist schon Ostern", antwortete sie und zog sich den Haarreifen mit den Ohren vom Kopf. Jetzt schon? Es war doch gerade mal Anfang März! Mia kam das absurd vor, weil es noch Wochen hin war bis Ostern, andererseits lagen jedes Jahr die Lebkuchen auch schon ab September in den Regalen. Und dieser Hase, so albern er auch aussah, war irgendwie niedlich. Zumindest verbreitete er gute Laune, und deshalb legte Mia ihn kurzentschlossen in den Einkaufswagen.

„Komm, den nehmen wir mit", verkündete sie gut gelaunt. Die Hasenohren setzten sie einem großen Glas Essiggurken auf, und schoben alsbald den gefüllten Wagen zur Kasse.

Zurück daheim räumten die beiden Frauen die Einkäufe in die Küchenschränke. Denisa hatte den Schokohasen auf den Tisch gestellt, wo er von Nico misstrauisch beäugt und angezwitschert wurde. Und auch Rosi entdeckte ihn sofort, als sie die Küche betrat.

„Was habt ihr denn da mitgebracht?", erkundigte sie sich und ließ das Glöckchen des Hasen klingeln. Mia wandte sich um und sah, wie ihre Mutter mit den Fingerspitzen über die großen Hasenohren strich. Diese langsame Geste wirkte nachdenklich.

„Ein kleiner Vorbote für Ostern", grinste Mia, und sie hatte erwartet, dass ihre Mutter darüber lachen würde, doch das geschah nicht. Rosis Blick wirkte mit einem Mal traurig, wie er so auf den Hasen in ihrer Hand gerichtet war, und ihre Stimme war leise, als sie murmelte:

„Ob er Ostern noch erlebt?"

Mia stockte in ihren Bewegungen und war kurz unschlüssig, was sie tun sollte. Nach einem flüchtigen Blick zu Denisa, trat sie neben ihre Mutter. Die blickte ihre Tochter an, Tränen in den Augenwinkeln.

„Es ist die Zeit der Auferstehung, er sollte sie noch erleben", sprach sie weiter. Mia fühlte sich überrumpelt von dieser plötzlichen Traurigkeit. Der Osterhase hatte Heiterkeit bringen sollen, nicht das Gegenteil, und so fiel ihr zunächst nicht mehr ein, als den Arm um ihre Mutter zu legen und sie festzuhalten. Doch auf einmal kam ihr ein Gedanke in den Sinn, von irgendwoher aus ihrem Inneren, den sie aussprach, noch ehe sie darüber nachgedacht hatte: „Vielleicht wird er seine ganz eigene Auferstehung erleben."

Rosi sah ihre Tochter mit einem seltsamen Blick an. Konnte sie verstehen, was Mia meinte, wenn die es selbst nicht einmal ganz begriff? Nach einem Moment der Stille ließ

Rosi sich auf den Stuhl sinken, legte den Hasen beiseite und schnäuzte sich die Nase. Ihre Hände zitterten leicht.

„Vielleicht hast du Recht, Mia. Es ist nur... er hat schon Weihnachten nicht richtig feiern können, weil es ihm so schlecht ging." Sie sah zu Mia hoch. „Du weißt, wie wichtig ihm die Weihnachtsmesse ist."

Erneut wischte sie sich mit dem Tuch über die Nase und fügte schließlich hinzu: „Ich fände es so schlimm, wenn er jetzt auch noch die Ostermesse verpassen würde."

Das konnte Mia verstehen, und deshalb legte sie Rosi die Hand auf die Schulter. „Ich weiß", sagte sie leise.

Denisa hatte sich die ganze Zeit im Hintergrund gehalten, doch nun kam sie einen Schritt auf Mutter und Tochter zu.

„Vielleicht kommt es auf den Termin gar nicht so sehr an", begann sie vorsichtig, und als die anderen Frauen sie beide ansahen, sprach sie weiter: „Weißt du noch, Mia, wie wir den Weihnachtsbaum geholt haben, obwohl es viel zu früh war dafür?" Mia nickte nur.

„Mir war das egal, weil ich den Baum in dem Moment einfach brauchte. Vielleicht könnt ihr Ostern auch ein wenig vorverlegen?"

Denisas Vorschlag schwebte zwischen ihnen in der Luft, und einen Moment lang schwiegen sie. Warum eigentlich nicht, dachte Mia? Die Idee war wirklich nicht schlecht. Aber dann erschien es eigentlich schlüssiger, das Weihnachtsfest als Familie nachzufeiern, anstatt Ostern vorzuziehen. Immerhin konnte keiner absehen, ob es ihnen nicht doch bestimmt war, das richtige Ostern gemeinsam feiern zu können. Zum Weihnachtsfest jedoch gehörte für ihren Vater untrennbar die Heilige Messe, das wusste Mia. Sie war schon drauf und dran, die ganze Sache zu verwerfen, als plötzlich eine Idee in ihr aufstieg.

„Vielleicht kann man da etwas machen", murmelte sie nachdenklich.

Vielleicht konnte sie, Mia, wirklich etwas tun.

# KAPITEL EINUNDZWANZIG

Es war so lange her, dass Mia hier gewesen war. Seit ihrem vierzehnten oder fünfzehnten Lebensjahr nicht mehr, knapp acht Jahre also. Aber verändert hatte sich nichts, weder die hohen massiven Mauern der Kirche, der Turm mit der Glocke noch die Mauern um die Kirche herum mit dem eisernen Tor. Das alles stand womöglich seit Jahrhunderten schon hier, und als Mia nun die schwere Tür des Gotteshauses öffnete, fühlte sie sich sofort in ihre Kindheit zurückversetzt. In die Zeit, als sie dieses Gebäude noch mit Ehrfurcht betreten hatte.

Auch jetzt hing der typische Geruch von Kerzen und Weihrauch in der Luft. Der steinerne Boden war zum Teil spiegelglatt, und eigentlich war es ein Wunder, dass sich hier nicht regelmäßig einer der älteren Besucher den Fuß oder etwas Anderes brach. Aber das war eben das Haus Gottes. Das Haus der Wunder.

Mia ging entlang der Bankreihen bis nach vorne zum steinernen Altar, auf dem zwei Vasen mit Blumen standen. Außer ihr war kein Mensch hier. Es war vormittags unter der Woche. Da waren alle Gläubigen wahrscheinlich anderweitig beschäftigt. Leider traf das wohl auch auf Pfarrer Wolters zu. Ihn hatte sie gehofft, hier anzutreffen.

Der Geistliche war in dieser Gemeinde Pfarrer seit Mia ein Kind war. Sie war früher in seine Kindergottesdienste gegangen, hatte bei ihm ihre erste Beichte abgelegt und die Erstkommunion empfangen. Dieser Mann war das Rückgrat der ganzen Kirchengemeinde und eine geachtete Person. Karl hatte immer viel von ihm gehalten.

Mia fragte sich gerade, ob sie vielleicht im Pfarrhaus mehr Glück haben könnte, als sie plötzlich Schritte hörte. Eine Tür rechts vom Altar wurde geöffnet, und ein Mann kam herein. Mia zögerte nicht lange.

„Entschuldigen Sie", sprach sie ihn an, „wissen Sie, wo ich Pfarrer Wolters finden kann?"

Der Mann lächelte sie freundlich an und antwortete: „Der muss jeden Moment hier sein."

Tatsächlich dauerte es keine fünf Minuten, ehe erneut Schritte zu hören waren, und zu Mias Überraschung lud der Geistliche sie ohne Umschweife ein, sich mit ihm auf eine der Kirchenbänke zu setzen.

„Du bist das Mädchen von den Küsters, nicht wahr?", fragte er, sobald sie sich gesetzt hatten. Es war seltsam, diesem Mann gegenüberzusitzen, und Mia fühlte sich unwillkürlich an ihre erste Beichte erinnert. Es war keine schöne Erinnerung.

‚Eigentlich bin ich kein Mädchen mehr', schoss es ihr gleich als patzige Reaktion durch den Kopf, doch sie hielt sie zurück. Sie gab nur ein schlichtes „Ja." zur Antwort.

Ihr fiel auf, wie sehr der Pfarrer gealtert war. Seine Haare waren gänzlich ergraut, und die Stirnfalten, vor denen sie sich als Kind immer gefürchtet hatte, waren noch tiefer geworden. Nur seine Augen erschienen ihr sanftmütiger, als sie sie in Erinnerung hatte.

„Meinem Vater geht es nicht gut", begann sie ihr Anliegen zu erklären. Pfarrer Wolters nickte, denn natürlich wusste er, dass eines seiner treuesten Gemeindemitglieder schwerkrank war. Und er konnte sich sogar daran erinnern, dass Karl die Weihnachtsmesse nicht besucht hatte, wo er sonst immer ganz vorne saß.

„Das hat ihn sehr getroffen, dass er nicht dabei sein konnte", fuhr Mia fort. „Ich habe mich gefragt, ob Sie noch einmal eine Weihnachtsmesse für ihn machen könnten." Der Blick des Pfarrers spiegelte Verständnislosigkeit wider, also beeilte sie sich, zu erklären:

„Ich meine, einen kleinen Weihnachtsgottesdienst bei uns zu Hause."

Er schien eine Weile darüber nachdenken zu müssen, nickte

jedoch schließlich zustimmend, und sie war wirklich überrascht, als er sich unvermittelt erhob und erklärte: „Ich hole gerade meinen Terminkalender."

Das war viel einfacher gegangen, als Mia es erwartet hatte!

Rosi war zuerst genauso verwundert wie der Pfarrer, als Mia ihr von der Idee mit dem Gottesdienst erzählte, dann jedoch war sie begeistert. Auch als Mia ihr mitteilte, dass sie schon einen Termin für den Dienstagabend der nächsten Woche vereinbart hatte.

„Dann haben wir noch Zeit, alles schön vorzubereiten", stellte sie fest. Und das wollte Mia auch machen. Sie hatte vor, das Wohnzimmer schön mit Kerzen und Weihnachtssternen zu schmücken, und die Krippe neben dem Fenster aufzubauen. Es sollte nach Weihrauch duften und nach Tannenzweigen.

„Sag´ mal", fragte sie ihre Mutter, „kannst du nicht ein paar Weihnachtslieder auf der Gitarre spielen?"

Die paar Tage bis zum Dienstag vergingen nach Mias Empfinden ziemlich langsam. Sie spürte in sich eine wachsende Ungeduld, da es Karl zwischenzeitlich immer wieder schlechter ging. Es kamen Phasen, in denen er unstillbare Hustenanfälle bekam und sich vor Schmerzen in seinem Bett wand. Immer öfter kam mit dem Husten jetzt auch einiges an Blut mit heraus. Christina gab ihr Bestes, indem sie ihn beispielsweise mehrmals täglich inhalieren ließ und in Absprache mit der Ärztin die Schmerzmitteldosen erneut erhöhte. Aber das Bett verlassen konnte Mias Vater nicht mehr.

Denisa half Mia bei den Vorbereitungen für die Feier. Da sie in keinem Geschäft zu dieser Jahreszeit Tannenzweige kaufen konnten, holten sie kurzerhand welche aus dem nahegelegenen Wald. Sie brachten gemeinsam die Krippe mit den schön geschnitzten Figuren aus dem Keller nach oben und legten ihren Boden mit frischem Moos aus.

Karl bekam davon nichts mit. Die meiste Zeit schlief er, aber hin und wieder bat er Rosi oder Jonas, ihm das Kopfteil des Bettes etwas hochzustellen, damit er ein paar Seiten lesen konnte.

Der Dienstag war ein schöner, sonniger Tag und eigentlich überhaupt nicht passend für eine Weihnachtsfeier, aber gegen Nachmittag zogen dicke Wolken am Himmel auf und tauchten den Garten in eine winterliche Atmosphäre. Wie immer machte Karl nach seinem kargen Essen einen Mittagsschlaf, der sich, aller Erfahrung nach, bis in den Abend hinziehen würde. Diese Zeit nutzten Rosi, Mia und Denisa, um das Wohnzimmer möglichst lautlos zu schmücken. Sie platzierten die Krippe auf dem Tisch neben seinem Bett, stellten überall Kerzen auf und schmückten den ganzen Raum mit Weihnachtssternen, glitzernden Kugeln und den Tannenzweigen. Es fühlte sich an, wie eine wichtige geheime Mission, und irgendwie war es das auch, fand Mia.

Gegen siebzehn Uhr kamen Bernd und Susanne, und kurz darauf der Pfarrer. Mias Vater schlief noch, als sie die Kerzen um ihn herum anzündeten. Erst als Rosi die Saiten der Gitarre anklingen ließ, und sie alle mit leisen Stimmen begannen *Stille Nacht* zu singen, bewegte er leicht den Kopf. Seine Augen öffneten sich, zuerst nur ein wenig, dann immer weiter. Die Lichter der Kerzen spiegelten sich in ihnen und warfen einen flackernden Schein auf sein mageres Gesicht, in dem fast kindliche Ehrfurcht und Verwunderung standen. Nachdem das Lied zu Ende gesungen war, trat Pfarrer Wolters an Karls Bett und nahm seine Hand.

„Hallo Karl", begrüßte er ihn. Mia hatte gar nicht gewusst, dass sich die beiden duzten.

„Deine Tochter hat mich gefragt, ob ich mit euch zusammen eine Weihnachtsmesse feiern möchte." Er lächelte verschmitzt. „Und hier bin ich."

Mias Vater bewegte die Lippen und hob den Kopf, aber mehr als ein „Danke" brachte er nicht hervor. Bernd stellte das Kopfteil des Bettes nach oben, sodass sein Freund verfolgen konnte, wie der Pfarrer aus der Weihnachtsgeschichte vorlas und dann ein paar eigene Worte sprach. Mia hatte das Gefühl, dass die Augen ihres Vaters von einem unglaublichen Glanz erfüllt waren, vor allem immer dann, wenn sie eines seiner geliebten Weihnachtslieder sangen. Es war wie der Glanz in den Augen eines Kindes, das unter dem leuchtenden Weihnachtsbaum die Geschenke erblickte.

Nachdem Pfarrer Wolters die Kommunion gespendet und ein paar abschließende Worte gesprochen hatte, gingen Mia und Rosi in die Küche, um die vorbereiteten Häppchen und Plätzchen zu holen. Sogar Glühwein hatten sie heißgestellt in einer Thermoskanne, genau die Sorte, die Mias Vater liebte. Und so saßen sie alle gemütlich beisammen, aßen und unterhielten sich im Schein der Kerzenflammen. Karl verfolgte aufmerksam die Gespräche, sagte hier und da auch mal etwas und lächelte immer wieder.

Irgendwann bemerkte Mia, dass sein Blick auf sie gerichtet war, und als sie ihn erwiderte, winkte Karl sie mit einer schwachen Geste zu sich. Dann richtete er sich etwas auf und legte seine Arme um sie.

„Danke", flüsterte er ihr ins Ohr. Einfach nur Danke. Mit nichts hätte er seine Tochter glücklicher machen können.

Es war schon nach acht Uhr, als der Pfarrer, Bernd und Susanne sich verabschiedeten, und Mia bemerkte auf einmal, nachdem sie aufgeräumt hatten, wie müde sie selber war. Aber es war eine angenehme Müdigkeit voller Freude und Frieden. Der Abend war viel besser gelaufen, als sie zu hoffen gewagt hatte, und das fand auch Denisa, als sie sich nun gemeinsam in Mias Bett kuschelten.

Dies war fürwahr eine heilige Nacht.

# Kapitel Zweiundzwanzig

Um Punkt elf Uhr checkte Denisa an der Rezeption der Pension aus, und gemeinsam trugen Mia und sie das Gepäck zum Auto. Die Reisetasche, die Handtasche und den Geigenkoffer, sowie eine Tüte. Darin befanden sich die beiden Bücher, die Denisa sich hier gekauft hatte und die beiden Romane von Jules Verne. Karl hatte sie ihr zum Abschied geschenkt.

Nachdem sie alles gut verstaut hatten, standen sie einen Moment lang nur voreinander und hielten sich an den Händen. Mia hatte einen Kloß im Hals. Es war klar, dass Denisa nun fahren musste, und natürlich würden sie sich irgendwann bestimmt wiedersehen. Dennoch tat ihr dieser Abschied ungeheuer weh, auch wenn sie beide kein Paar im engeren Sinne waren. Wie sie die letzten Wochen ohne ihre Freundin geschafft hätte? Mia wusste es nicht.

„Danke für alles", sagte sie daher schließlich.

Denisa nickte und strich ihr sanft über die Wange.

„Halt die Ohren steif", erwiderte sie lächelnd, und das konnte Mia nur zurückgeben. Auch für Denisa war es bestimmt nicht leicht nach Hause zu fahren und in ihr altes Leben zurückzukehren.

„Wirst du deinen Vater suchen?", sprach Mia ihren nächsten Gedanken aus. Denisa zuckte mit den Schultern, und sie zögerte einen Moment, ehe sie antwortete:

„Ich weiß es noch nicht. Jetzt muss ich erst einmal dieses Projekt beenden in der Arbeit und dann sehe ich weiter."

Ein Schritt nach dem anderen. Das hatte auch Mia sich vorgenommen für ihre Zukunft, und heute wollte sie gleich den ersten Schritt tun und sich nach Studiengängen erkundigen. Eine letzte Umarmung. Ein letzter Kuss. Dann stieg Denisa in den Wagen, ließ ihn an, winkte ein letztes Mal und fuhr los. Und dann war sie weg.

Christina und Rosi saßen in der Küche am Tisch, als Mia nach Hause kam.

„…so viele Bücher. Immer redet er von Büchern", hörte sie ihre Mutter sagen mit einer Stimme, in der Besorgnis mitschwang.

„Und immer wieder sagt er dann, dass er die nächste Seite nicht finden kann."

Mia trat in die Küche und zog ihren Anorak aus.

„Ist alles in Ordnung?", fragte sie, ebenfalls in Sorge. Ihre Mutter hob hilflos die Hände und ließ sie wieder sinken.

„Dein Vater hat vorhin wieder so wirres Zeug erzählt", erklärte sie. Und an Christina gerichtet: „Ich weiß einfach nicht, was ich damit anfangen soll. Liegt das vielleicht doch an den Metastasen im Gehirn?"

Die Palliativschwester hatte bis jetzt geschwiegen, aber jetzt nahm sie Rosis Hände in die ihren.

„Ich denke, Rosi, er macht sich auf den Weg. Er spürt das", sagte sie ruhig. Rosi sah sie einen Moment lang an, dann zog sie die Nase hoch und schüttelte den Kopf.

„Ich verstehe nicht, was das zu bedeuten hat", schluchzte sie. Christina sah nun auch zu Mia hoch, während sie weitersprach:

„Es gibt etwas, das im Englischen *Nearing Death Awareness* heißt, also das Bewusstwerden des nahenden Todes", erklärte sie ruhig.

„Es ist nicht selten, dass Sterbende ihren bevorstehenden Tod spüren oder bereits verstorbene Verwandte sehen. Manche erahnen auch schon, wohin sie gehen werden oder sehen den Ort sogar in Träumen."

Sie machte eine kurze Pause und sah Rosi dann eindringlich an.

„Nur können unsere Lieben das oft nicht so direkt sagen, dass wir es gleich verstehen. Vielleicht ist für Ihren Mann die nächste Seite der nächste Schritt, den er gehen muss."

Rosi sah Christina einen Moment lang nur an, und Mia konnte nicht einschätzen, ob sie dem, was sie gerade gehört hatte, Glauben schenkte. Schließlich nahm ihre Mutter ein Taschentuch vom Tisch und schnäuzte sich die Nase.

„Aber was können wir machen, um ihm zu helfen?", fragte sie dann, und ihre Stimme klang flehend. Christina streichelte ihre Hände und blickte erneut zu Mia hoch.

„Seid einfach für ihn da und hört ihm zu." Sie lächelte Rosi ermunternd an. „Dann wird er die nächste Seite schon finden."

In ihrem Zimmer setzte Mia sich an ihren Schreibtisch und holte ihr Notebook aus dem Seitenschrank des Tisches. Sie wollte gleich in die Tat umsetzen, was sie sich vorhin vorgenommen hatte und nach Studiengängen suchen, die etwas mit Kunst zu tun hatten. Eine ganze Weile lang klickte sie sich durch die Websites von verschiedenen Universitäten, die als Studiengang *Kunstgeschichte* anboten. Sie fand jedoch rasch heraus, dass diese Studiengänge mit eigener Kreativität nicht viel zu tun hatten, sondern sich wirklich nur mit der trockenen Theorie der Geschichte befassten. Auch wenn sie das durchaus interessant fand, war Mia doch auf der Suche nach etwas Anderem. Sie wollte selber malen und zeichnen, und ihre eigenen Ideen künstlerisch einbringen. Hierzu passten dann schon eher der Studiengang *Kunstpädagogik* oder eine Ausbildung zur Kunsttherapeutin. Für beides jedoch waren hohe Zugangsvoraussetzungen festgelegt, unter anderem eine umfangreiche Bewerbungsmappe mit eigenen Arbeiten unterschiedlicher Kunststile. Und das konnte Mia nicht vorweisen. Sie hatte bis jetzt immer nur gezeichnet, wenn auch ziemlich gut. Das war also alles gar nicht so einfach, wie sie es sich vorgestellt hatte.

Mia streckte sich auf ihrem Stuhl und sah zum Fenster. Die Dämmerung hatte bereits angefangen, und sie spürte auf einmal, dass sie großen Hunger hatte. Es wurde langsam Zeit für das Abendessen. Mia beschloss, in die Küche hinunterzugehen und zu schauen, ob sie ihrer Mutter helfen konnte. Sie fand Rosi im Wohnzimmer auf der Kante des Pflegebettes sitzend und die Hand ihres Mannes haltend. Der lag halb auf der Seite, und gemeinsam blickten sie in die Richtung des Gartens, über dem sich der abendliche Himmel in der untergehenden Sonne orange-violett färbte. Sie schienen beide so vertieft zu sein in diesen Anblick, dass Mia nicht wagte, ihre innige Zweisamkeit zu stören. Im Hintergrund lief leise eine CD mit Chormusik. Ihre Eltern so zu sehen, rührte sie so sehr, dass sie die Arme um ihren Körper schlingen musste. Ein paar Tränen fanden ihren Weg nach außen, aber es waren schöne Tränen, die Mia als heilsam empfand.

Unbemerkt blieb sie eine ganze Weile nur im Türrahmen stehen und nahm die Szene in sich auf, bis das Licht von draußen kontinuierlich schwächer wurde. Dann wandte sie sich lautlos um und ging in die Küche, wo Nico sie mit einem Zwitschern begrüßte. Mia pfiff zurück, öffnete sein Türchen, wie sie es mittlerweile immer tat, wenn sie sich in der Küche aufhielt und ging zur Arbeitsfläche, um Brot zu schneiden. Die laute Brotschneidemaschine durchbrach die Stille unangenehm, und Mia beeilte sich, um rasch mit dem Schneiden der Scheiben fertig zu werden und den Krach zu beenden. Sie schob die Maschine zurück in ihre Ecke, legte die Brotscheiben in den Brotkorb und wollte gerade den Kühlschrank öffnen, als sie auf einmal ein Geräusch hinter sich hörte. Ein Geräusch wie von raschelndem Papier. Ein Flattern?

Sie drehte sich um und traute ihren Augen nicht! Nico saß auf dem Küchentisch, wie er es in den letzten Tagen öfter gemacht hatte, aber dieses Mal schlug er mit den Flügeln! Zwei-, drei-, viermal, und dann sah Mia, wie der kleine Vogelkörper plötzlich abhob und sich von seinen Flügeln durch die Luft tragen ließ. Nicht weit, zunächst nur bis zur Stuhllehne, doch nun schien Nico ein übermächtiger Wille gepackt zu haben. Er schlug erneut mit den Flügeln und erhob sich fast bis zur Zimmerdecke in die Luft, flatterte und flog

184

von einer Ecke zur anderen, stieß sich hier und da an Schränken und der Gardinenstange. Er war nicht zu bremsen, und Mia konnte einen entzückten Ausruf nicht unterdrücken, den ihre Mutter im Wohnzimmer gehört haben musste, denn sie erschien im Rahmen der Küchentür. Ihr Gesicht spiegelte pure Verwunderung wider, als sie die Situation erfasste. Im nächsten Moment sauste der Vogel quer durchs Zimmer, und Mia musste sich ducken, um ihm nicht in die Quere zu kommen.

„Schau mal, Mama, er fliegt!", flüsterte sie beinahe ehrfürchtig, auch wenn dieser Hinweis kaum nötig gewesen wäre, denn Rosi hatte ihre Hände vor Begeisterung erhoben und beobachtete entzückt Nicos Treiben. Der drehte noch ein paar wackelige Runden in der Küche und landete dann wieder zielsicher auf dem Tisch. Doch war er noch längst nicht am Ende seiner Flugschau angelangt! Erneut breitete er seine Flügel aus, flatterte, erhob sich in die Luft und flog. Geradeaus auf die Küchentür zu, über Rosi hinweg, in den Gang hinein und zur nächsten Tür, auf das Licht im Wohnzimmer zu.

Wenn Karl gedöst hatte, so musste er von dem Flügelschlagen und aufgeregten Zwitschern geweckt worden sein, denn seine Augen verfolgten erstaunt das Schauspiel, das sich ihm bot. Und dann blickte Karl zu seiner Frau und seiner Tochter, die hinter Nico her ins Zimmer gestürzt waren, lachend und mit den Armen gestikulierend. So ausgelassen hatte er sie beide bestimmt schon seit Jahren nicht mehr erlebt. Sie hüpften im Wohnzimmer herum wie kleine Kinder, während Nico immer wieder seine Bahnen quer durch den ganzen Raum zog. Auf einmal sah Mia, wie sich eine lange wunderschöne Feder aus seinem Gefieder löste.

Sie wurde wild durch die Luft gewirbelt, auf und ab, hin und her und landete schließlich sanft auf Karls Bettdecke. Als wäre sie ein Geschenk von Nico. Ein so wunderbares Geschenk.

185

# Epilog

Im Wohnzimmer waren die Vorhänge noch zugezogen, doch durch ihren dünnen Stoff konnte man die Lichtfülle des Tages bereits erahnen. Über den Gang von der Küche her war Nicos Zwitschern zu vernehmen, und das stimmte Mia hoffungsvoll und fröhlich. Sie konnte die Gestalt ihres Vaters in dem Pflegebett erkennen. Auf dem Rücken lag er, und sein Oberkörper war etwas von dem großen Kissen zur Seite gerutscht. Mia versuchte, den Geruch nach Urin zu ignorieren und ihre Stimme fröhlich und unbesorgt klingen zu lassen: „Guten Morgen, Papa, hast du gut geschlafen?"

Seine Augen waren noch geschlossen, und er schien Mühe zu haben, sie zu öffnen, aber dann blinzelte er und sah seine Tochter an. Sein Blick spiegelte die Schwäche wider, die seinen ganzen Körper erfüllte, die ihn vereinnahmte, und die auch der Schlaf nicht mehr aufzuheben vermochte. Das eingefallene magere Gesicht wirkte bleich und sein Ausdruck abwesend, so als wäre der Geist dahinter schon aufgebrochen in die unendlichen Weiten des Seins.

Auf einmal jedoch hob Karl seine Hand an, die halb unter der Decke gelegen hatte, und nun erkannte Mia, dass er ein kleines Buch festhielt. Er musste es die ganze Nacht lang gehalten haben. Ganz nahe hob er es an sein Gesicht, warf einen Blick darauf, dann auf seine Tochter. Ein Blick, aus dem Liebe sprach?

„Diese Seite lese ich noch zu Ende", sagte er leise, und seine Mundwinkel umtanzte der Hauch eines Lächelns. Mia musste unwillkürlich lachen, und es war ein Lachen, das sich aus dem Tiefsten ihrer Seele nach außen offenbarte.

Sie öffnete die Vorhänge und ließ das herrliche Licht des Morgens das Zimmer durchfluten. Ein neuer Tag hatte begonnen.

# ENDE

# INFORMATION

Möchtest du noch mehr über Mia und Denisa erfahren? Der erste Teil der Reihe „Licht im Nebel" ist in gleicher Ausstattung erhältlich:

Der dritte Teil der Reihe erscheint im Mai 2020 unter dem Titel „Klingende Saiten".

Informationen und Leseproben sind auf dem Youtube-Kanal der Autorin erhältlich (Kanalname: „Julia Rösner"):

https://www.youtube.com/channel/UCmbEWTed-rYTlTr-xu4KkWoQ